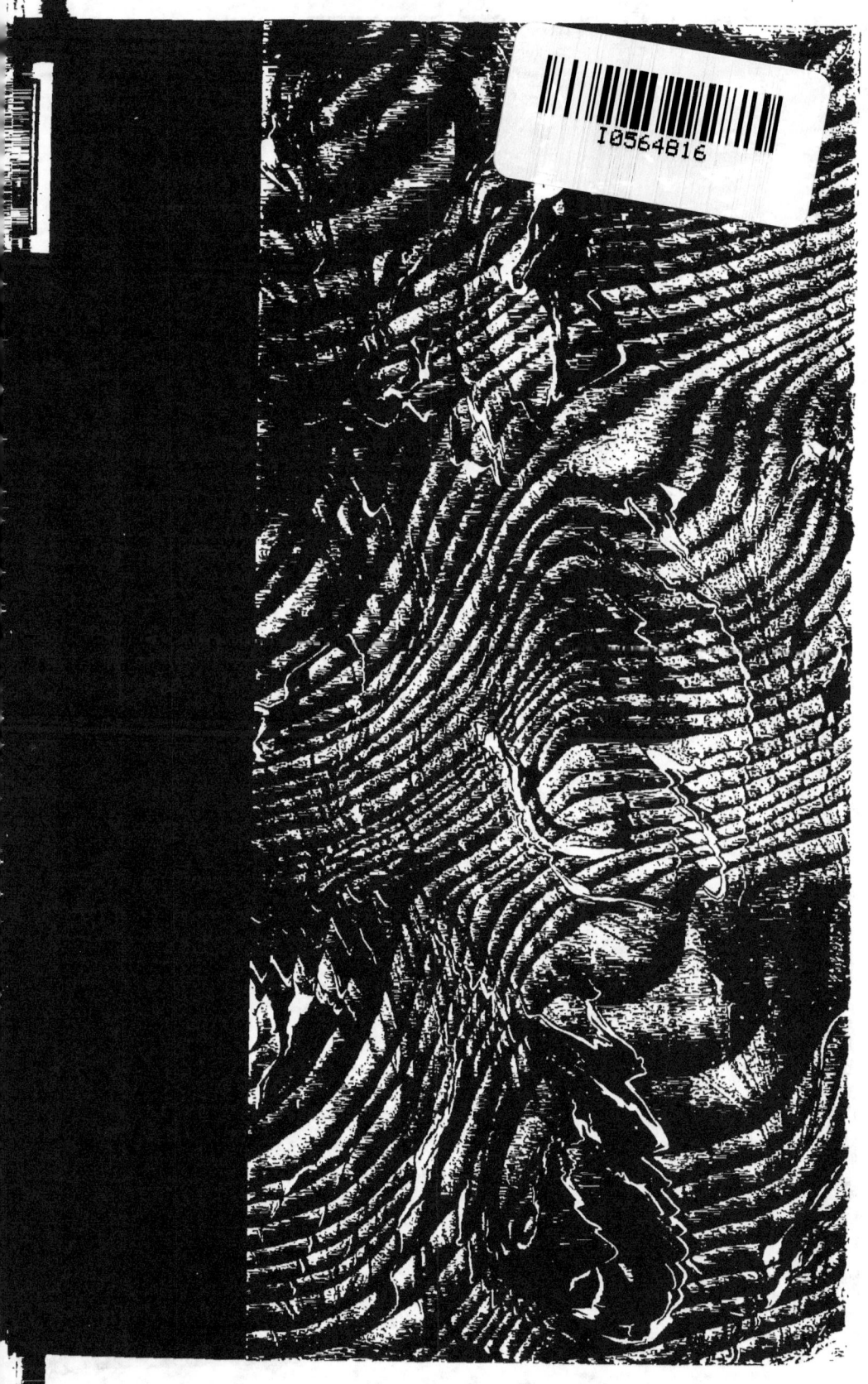

ALPHONSE KARR

MIDI

A

QUATORZE

HEURES

PARIS

EUGÈNE DIDIER, ÉDITEUR

RUE DES BEAUX-ARTS

MDCCCLIII

MIDI

A

QUATORZE

HEURES

2759

PARIS. — TYP. SIMON RAÇON ET C°, RUE D'ERFURTH, 1.

ALPHONSE KARR

MIDI

A

QUATORZE

HEURES

PARIS

EUGÈNE DIDIER, ÉDITEUR,

6, Rue des Beaux-Arts.

—

MDCCCLIII

MIDI

A

QUATORZE HEURES

I

Honfleur est une jolie ville en face le Havre-de-Grâce, et bâtie en amphithéâtre au pied d'une colline très-élevée ; les arbres qui en couronnent le sommet se découpent en noir sur le ciel. Au pied, parmi les maisons couvertes de tuiles rouges, on remarque les restes de la *Lieutenance,* vieux bâtiment ruiné, aux murailles grises, des fentes desquelles s'échappent quelques giroflées sauvages, dont le feuillage vigoureux se couvre presque toute l'année de ces étoiles jaunes si odorantes.

Lorsque, par un chemin sinueux et revenant plusieurs fois sur lui-même pour adoucir la pente, on est arrivé au sommet de la côte de Grâce, on découvre une immense étendue de mer, et l'œil au loin à l'ho-

1

rizon se perd dans la brume, que semble par moments déchirer quelque navire aux voiles blanches, glissant sur l'onde comme un grand cygne; la plateforme de la côte est tapissée d'une épaisse pelouse verte, et toute couverte de grands arbres, sous lesquels est la chapelle de Grâce. Au plus haut point de la colline est un grand christ sur la croix, que l'on aperçoit de très-loin en mer.

A moitié de la côte était une petite maison, semblable à toutes les maisons; seulement, derrière, un mur assez élevé renfermait un espace d'un demi-arpent à peu près; quelques cimes d'arbres, presque entièrement dépouillées, dépassaient la muraille; quoiqu'il ne fît aucun vent, à chaque instant cependant quelques feuilles tombaient. Un sorbier seul gardait ses larges ombelles de baies semblables à des grains de corail; au dedans du jardin on eût pu voir la vigne qui couvrait les murs conserver la dernière son tardif feuillage, et étaler avec orgueil ses pampres richement colorés de jaune et de pourpre. Le ciel était gris, bas, et tout d'un seul nuage immobile. Les oiseaux ébouriffaient leurs plumes aux premières atteintes du froid. Quoique la mer fût calme et unie, elle n'en paraissait pas moins menaçante; des tas d'algues et de varechs, arrachés à ses profondeurs et jetés sur la plage au delà des limites ordinaires de l'Océan, racontaient une récente colère. Les grandes mouettes blanches aux ailes noires rasaient l'eau en longues files.

Comme le jour commençait à baisser, un homme vêtu en chasseur sonna à la porte de la petite maison; une fille mise à la mode du pays vint lui ouvrir. Elle avait une jupe blanche et rouge rayée, et un corset noir dont la ceinture s'attachait presque sous les bras; elle était coiffée d'un bonnet de coton bien blanc; à ses mains, passablement violettes, elle portait deux ou trois bagues d'argent.

Le chasseur regarda si son fusil était désarmé, le remit à son introductrice, et jeta sur une table son carnier vide. Puis il passa dans une chambre où il changea d'habits.

Cette chambre offrait au premier abord une véritable confusion; l'œil était frappé d'un mélange incohérent de palettes, de chevalets, de toiles commencées et abandonnées pour d'autres qu'on avait quittées à leur tour; une guitare, un cor, un piano occupaient le reste de la place avec quelques ustensiles de chasse appendus aux murailles. Les seules choses peut-être qu'on n'eût pu retrouver dans cette chambre, où tout semblait rassemblé, eussent été un encrier et des plumes; de sorte que, si, au premier aspect, on se rappelait involontairement cet axiome mythologique, que les Muses sont sœurs, on ne tardait pas à remarquer qu'il y en avait une que le maître de ces lieux proscrivait comme bâtarde et étrangère.

Pour lui, c'était un homme d'assez haute taille; sa figure maigre portait l'empreinte de l'ennui et d'un dédain insoucieux: son teint était fortement hâlé par l'air de la mer; ses cheveux étaient bruns. Malgré la simplicité de ses vêtements, il avait un air de distinction qui frappait dès le premier instant, et que l'examen rendait plus évident encore. Il avait les mains et les doigts effilés; quand sa dans laquelle il serait à monsieur tout loisible de puiser à discrétion, à quoi Bérénice ajouta de son propre mouvement : Pourquoi monsieur n'a-t-il pas un encrier chez lui *comme tout le monde ?*

Bérénice ici ne nous paraît pas manquer tout à fait de jugement ; et plus d'un de nos lecteurs doit le dire : Pourquoi Roger n'a-t-il pas dans sa chambre un encrier *comme tout le monde ?* C'est ce que nous nous réservons d'expliquer avant la fin de cette histoire.

Roger se mit à écrire, et ne se coucha qu'assez avant dans la nuit ; avant de se mettre au lit, il ferma sa porte doucement pour ne pas réveiller sa femme. Au même moment, madame Roger fermait la sienne non moins doucement pour ne pas réveiller son mari, car elle avait aussi veillé en écrivant et en lisant. C'était le lendemain le jour où on faisait les comptes des fournisseurs et des ouvriers.

ROGER A LÉON MOREAU, MÉDECIN A PARIS.

« Honfleur, 30 octobre 18...

« Te voilà de retour à Paris, et j'en rends grâce au ciel, mon cher Léon ; quoique cinquante lieues nous séparent, tu es ma seule société dans la retraite que je me suis choisie. Non que l'ennui m'y vienne assaillir ; non que j'y éprouve le moindre regret de ce que j'ai volontairement quitté ; mais, quand j'ai passé une journée à cultiver mon jardin, à flâner sur le bord de la mer, à voir partir ou arriver le passager du Havre, à causer de choses et d'autres

avec les marins et les pêcheurs, j'aime à me renfermer le soir avec toi, c'est-à-dire avec tes lettres,
et avec mes souvenirs que toi seul partages avec
moi, puisque toi seul aujourd'hui connais la première moitié de ma vie, et ce nom dont je voulais
faire un nom glorieux, et que j'ai quitté en quittant
mes rêves de gloire, et ces premières couronnes de
fleurs dont les épines ont si cruellement blessé mon
front.

« Je me rappelle encore cette soirée de rage et
d'humiliation où mon nom, jeté par un histrion à
un public auquel j'avais consacré tant de veilles,
fut reçu avec des huées et des sifflets d'autant plus
cruels que ce même public m'avait en d'autres circonstances traité bien différemment.

« Quinze cents hommes m'insultant parce que
mon drame, qu'ils n'écoutaient pas, ne les amusait
pas ce jour-là, m'insultant à la fois comme aucun
d'eux n'eût osé m'insulter si j'eusse été un voleur,
un faussaire, un lâche...

« Oh oui! j'ai bien fait, cher Léon, j'ai bien fait de
me mettre à jamais à l'abri d'une pareille émotion :
vingt fois j'ai voulu entrer dans la salle, les provo-
quer, les insulter à mon tour, pour tâcher d'en
trouver un seul qui voulût prendre la responsabi-
lité de l'insulte de tous. Que dis-je, un seul! je me
serais précipité sur eux tous, un couteau à la main ;
et toutes ces femmes qui riaient, et les acteurs eux-
mêmes, si humbles la veille, ce soir-là si insolents...

« Oh! maintenant, je ne suis plus leur esclave ;
je ne leur donne plus le droit, en mendiant leurs
applaudissements, de huer mon nom.

« Il y a assez d'autres fous qui usent leur vie pour ce public, pour cette réunion de quinze cents imbéciles qui, rassemblés, s'érigent en juges infaillibles de l'esprit, du talent, du génie, dont aucun n'a pas la moindre parcelle, et sont acceptés comme tels par des aveugles qui se vantent de l'indépendance et de la dignité de l'homme de lettres.

« J'ai repris mon nom, celui de mon père, un nom qu'on n'a jamais applaudi, mais qu'on n'a jamais sifflé ; un nom qui n'a pas été prostitué aux caprices de la foule, un nom sous lequel j'ai joui des vrais plaisirs, des seuls honneurs qui n'aient pas laissé après eux une longue amertume.

« Il n'y a rien de changé dans mes rapports avec ma femme ; jamais elle ne me donne le moindre sujet de me plaindre ; elle est douce, calme, s'occupe de sa maison avec la sollicitude d'une excellente ménagère. Je suis également pour elle le plus attentionné qu'il est possible, et je ne lui refuse rien de ce qui peut lui plaire. Notre union est paisible, et quand je vois d'autres ménages discors, haineux, tracassiers, je me réjouis de tous les maux que nous n'avons pas. Mais, quand je regarde au dedans de moi, quand je me laisse aller à écouter la douce et harmonieuse voix de cette poésie toujours vivante en moi, et plus puissante peut-être depuis qu'elle ne s'évapore plus sous ma plume, je comprends alors combien il y a de bonheurs qui me manquent. Je n'aime pas Marthe, et elle ne m'aime pas. Sa présence me plaît, mais je ne redoute pas son absence ; je puis rester plusieurs heures à la chasse au delà du temps que j'ai fixé pour mon retour, sans qu'elle en soit ni inquiète, ni troublée. Nos existences ne sont pas liées intimement, elles semblent deux fleuves renfermés entre les mêmes rives, sans mêler ni confondre leurs eaux ; il y a dans ma vie une partie rêveuse dans laquelle Marthe n'est pour rien, et, sans aucun doute, il en est de même pour elle. Une espèce d'instinct m'avertit qu'il y a entre nous, sur certains rapports, un tel espace, que je ne songe jamais à le franchir. Souvent nous nous ennuyons tous les deux, nous tombons dans une langueur morne et silencieuse, et aucun ne cherche auprès de l'autre le remède à son mal. Tous deux nous avons dans l'âme un amour sans objet, un besoin plutôt qu'un sentiment. Chez Marthe, ces accès sont plus rares et surtout de plus courte durée ; elle en ignore la cause, et secoue, par tous les moyens possibles, ces songes qui l'inquiètent et la fatiguent. Moi je m'y laisse entraîner sans opposer de résistance : souvent même je me complais dans cette mélancolie qui m'enveloppe d'une atmosphère qui me sépare du reste de la vie.

« Rien de ce qui m'entoure ne peut me distraire ; je ne vois de femmes que des paysannes ou des pêcheuses, qui me font penser que la nature, pour l'homme, comme pour les autres animaux, n'a créé que des femelles, et que c'est l'homme qui a créé la femme. Je chasse, je marche, je me fatigue ; car c'est le seul moyen de distraire de la rêverie et d'échapper à ce grand délabrement de cœur.

« Adieu.   ROGER. »

La lettre que vous venez de lire, ou peut-être de

2

ne pas lire, a déjà dû vous donner quelques lumières sur la situation réelle de Roger ; néanmoins, il me prend fantaisie de raconter en peu de mots son histoire, à peu près de la manière dont se contaient les contes de fées, au temps heureux où il y avez des gens assez spirituels pour ne pas prétendre sans cesse au sublime, et écrire parfois des contes de fées.

II

POURQUOI ROGER N'AVAIT PAS D'ENCRE, ET POURQUOI BÉRÉNICE S'APPELAIT BÉRÉNICE.

Il était une fois un homme qui s'était livré à la littérature avec quelque succès, il avait réussi à entourer de quelque gloire le pseudonyme sous lequel il avait d'abord caché son obscurité. Pendant quelques années, il avait fait deux ou trois romans et cinq ou six pièces de théâtre. Il avait du cœur et de l'esprit ; ses ouvrages avaient eu un succès fort honorable. Mais un jour le public avait voulu fustiger son enfant gâté, peut-être aussi l'écrivain s'était-il trompé ; — toujours est-il que la pièce avait été sifflée, et n'avait pu aller jusqu'au dénoûment, qui était peut-être magnifique.

Le poëte, qui, jusque-là, avait appelé la voix du peuple la voix de Dieu, tant que le peuple avait dit bravo, changea subitement d'avis sur le public, et s'écria avec Horace : « Je hais le vulgaire ignoble, et je le repousse loin de moi. » Peut-être n'était-il

pas absolument impossible à notre poëte de repous-
ser le public, le vulgaire du théâtre pour lequel il
travaillait; il aima mieux s'enfuir, il mit dès lors
à rester ignoré, et à ne rien faire, la même ardeur
et la même persévérance qu'il avait mises jusque-là
à travailler et à se faire connaître. Il y a une chose
qui chatouille agréablement l'orgueil, c'est de dis-
paraître en laissant derrière soi une traînée lumi-
neuse comme les étoiles qui filent; on espère bril-
ler encore par son absence. Pour Roger, il était de
bonne foi, il eut assez de fierté dans le cœur pour
se rappeler que Denys avait été maître d'école; mais
il eut en même temps assez d'esprit pour se monter
la tête avec ce bel exemple, sans cependant l'imi-
ter jusqu'au bout. Il reprit le nom de son père,
abandonna à la critique, à l'envie, aux sifflets, son
nom d'emprunt, et partit pour l'Amérique.

Je ne crois pas qu'il y ait quelqu'un qui ne soit
pas au moins une fois dans sa vie parti pour l'Amérique. Il se disait, comme on se dit toujours en semblable cas : Je suis fort, je suis jeune, je suis in-
telligent, je travaillerai.

Il eut le bonheur de se fouler un pied au Havre,
où il voulait s'embarquer.

Ce n'est pas pour rien qu'on se foule le pied
dans un roman, — direz-vous? Cela va sans dire;
et cela s'explique par cela que, si cet accident n'avait
pas amené quelque chose, je ne vous en aurais pas
dit un mot.

Cet accident prolongea son séjour au Havre, et la
prolongation de son séjour lui fit connaître une fille
qu'il épousa. Les théories *des bras forts de la jeu-*

nesse et du travail ne sont séduisantes que jusqu'au moment de l'application ; la fille avait un peu
de bien. Roger acheta une petite maison à Honfleur,
décidé à y renfermer le reste de sa vie. Il se fit
chasseur, pêcheur, musicien, peintre, ne lut plus,
n'écrivit plus, ne confia à personne sa vie passée ;
seulement rien ne pouvait alimenter la partie de
l'homme à laquelle ne suffit pas un bonheur maté-
riel. La musique l'intéressa et l'occupa six mois ; la
chasse quinze jours, la peinture et la pêche six
autres mois ; puis il retombait dans l'ennui.

Fidèle à son vœu, il n'avait dans sa chambre ni
encre, ni papier, ni livres, et il y avait peut-être six
mois qu'il n'avait écrit une lettre quand il se décida
à écrire à son ami Moreau.

Passons à notre seconde explication. Bérénice est
un nom qui peut paraître assez prétentieux, surtout
appliqué, comme nous l'avons dit, à une fille à
grosses mains violettes. Nous ne nous laisserons
pas condamner pour une chose qui, vue en son véritable jour, doit, au contraire, inspirer au lecteur
une profonde vénération pour notre sévérité comme
historien, et la vérité de notre couleur locale comme
romancier. Les paysans des côtes de la Normandie se
parent assez volontiers des noms les plus distingués
qu'ils peuvent trouver sur le calendrier, semblables
en cela aux peuples sauvages qui mettent dans leurs
cheveux des plumes rouges, des boutons de cuivre,
du verre cassé et tout ce qu'ils peuvent trouver de
luisant, leur fallût-il donner en échange leurs en-
fants, leurs femmes, et même leur tomahawk.

Notre ami Léon Gatayes, qui est encore par le

temps qu'il fait au milieu de nos autres amis les pêcheurs d'Etretat, dans les repas de têtes appelés *Caaudraies*, a autour de lui, si nous avons bonne mémoire, deux ou trois *Onésimes*, un *Césaire*, deux *Bérénices*, une *Cléopâtre*.

Si notredit ami Léon Gatayes lit par hasard ces lignes, nous n'avons pas besoin de lui recommander de porter notre santé avec nos amis d'Etretat ; nous lui rappelons seulement qu'il doit nous rapporter des *ajoncs* que nous voulons naturaliser dans notre jardin, et que, s'il avait oublié la commission, il s'est engagé d'avance à retourner s'en acquitter.

III

Tout à coup le temps redevint beau, le ciel reprit ces teintes d'un bleu sombre qui appartiennent à la fin de l'automne ; de gros flocons de nuages entourèrent l'horizon comme d'une ceinture d'argent. On se serait cru dans l'été, sans l'odeur de safran qu'exhalaient les bois, sans l'aspect triste des arbres presque entièrement dépouillés, sans le calme de l'air qui fait de chaque journée d'automne une soirée d'été de douze heures. Il n'y avait plus dans les arbres que des pinsons et des mésanges à tête bleue ; les quelques fleurs qui avaient résisté aux premières gelées étaient petites, décolorées, et aucun insecte ne venait bourdonner autour d'elles, ni s'enfoncer et se rouler dans leur calice.

L'espérance et le souvenir ont le même prisme,

— l'éloignement. Devant ou derrière nous, nous appelons le bonheur ce qui est hors de notre portée, ce que nous n'avons pas encore ou ce que nous n'avons plus. C'est ce qui donne tant de prix aux choses que l'on craint de perdre. Le coucher du soleil, les derniers beaux jours de l'automne inspirent une mélancolie heureuse et inquiète à la fois, semblable à celle que l'on éprouve près d'un ami qui va partir pour un long voyage. Marthe et Roger sentaient tous deux cette irrésistible influence; mais, ne trouvant pas l'un dans l'autre de quoi calmer cette turbulence et cette agitation de l'âme, ils se gênaient mutuellement et s'évitaient autant qu'il était possible.

Il n'y a que les imbéciles qui ont de l'esprit pour leur domestique ou pour leur coiffeur. Il n'y a que sots, les gens qui ne sentent pas, qui peuvent se consoler de laisser voir les secrets mouvements de leur cœur à des gens indifférents ou incapables de les comprendre.

Les deux époux étaient bien persuadés, chacun pour sa part, que l'autre ne comprendrait pas ce qui se passait en lui, et jamais leur conversation n'avait été si décousue ni portant aussi exclusivement sur des futilités.

Roger alors jeta les yeux autour de lui et se trouva misérablement isolé; Marthe, qui tenait la place de tant de bonheur qu'elle ne donnait pas; Léon Moreau, qui, au milieu des habitudes et des plaisirs de Paris, oubliait l'exilé et ne prenait pas le temps de lui répondre; tous ces étrangers avec lesquels il n'avait rien de commun. Il ne tarda pas à se trou-

ver dans cette situation d'esprit où l'on ne désire
rien, où la terre ni le ciel ne peuvent plus rien
pour nous; là cervelle devient de plomb, on ne peut
plus ni désirer ni se souvenir; les idées sont vagues,
inertes, à demi effacées.

IV

C'est dans ces moments que le moindre incident
qui vient tirer de cette torpeur léthargique est reçu
avec reconnaissance. Roger se crut sauvé quand on
lui apporta une énorme lettre de Paris. Il la pesa
dans la main, et se réjouit en pensant qu'il y avait
pour plus d'un quart d'heure de lecture; il se pré-
para à jouir en gourmet de cette distraction; il remit du bois au feu et ouvrit le paquet.

LÉON MOREAU A ROGER.

« Je t'envoie, mon cher Roger, une lettre que j'ai
reçue à l'adresse de ton nom de guerre, de ton nom
poétique. Depuis ton départ, j'ai constamment ou-
vert les autres, qui me semblaient des lettres d'affaires; mais celle-ci, à en juger par l'écriture fine
et les lignes serrées, a quelque chose de plus intime
qui me détermine à te la faire passer. D'ailleurs, les
blessures de ton cœur doivent être aujourd'hui cica-
trisées, et tu ne seras peut-être pas fâché de faire
une épreuve sur toi-même, et de voir quelle impression produira sur toi un regard en arrière.
J'espère aller cet hiver passer un mois avec toi.

Vous devez avoir des bécassines. Tu me donneras les commissions pour Paris, » etc.

« Monsieur, je vous écris, et peut-être j'aimerais mieux ne pas vous écrire, peut-être déchirerai-je cette lettre aussitôt qu'elle sera terminée. J'ai lu vos ouvrages, monsieur, et il m'a semblé qu'il m'était donné d'y voir bien des choses que tout le monde n'y voit pas ; il m'a semblé que certaines pages qui exprimaient si bien des idées et des douleurs confuses qui m'ont si souvent traversé le cœur, avaient été écrites exprès pour moi, il m'a semblé que ces livres, destinés à tous, n'étaient réellement à leur adresse que dans mes mains. Je les sais presque par cœur ; je les relis à chaque instant ; quand je suis triste, je sais où trouver les passages où il y a une tristesse semblable à la mienne, je les relis, je pleure avec vous, et je me sens consolée ; ma tristesse même me devient chère, et j'en aime presque les causes.

« Quand je suis heureuse, je relis ces descriptions avec tant d'amour, et je place mon bonheur dans les endroits où vivent vos héros. Il y a surtout dans un de vos livres une petite romance d'une simplicité, d'une suavité qui me charme au delà de toute expression ; j'ai essayé, sur ces paroles, pour les chanter, tous les airs de mon répertoire, eh bien ! aucun ne me satisfait entièrement. Sans doute, monsieur, vous avez fait ces paroles sur un air ; pourriez-vous m'en donner la musique ? J'y attache quelque chose de presque sacré. Je ne les chante que quand je suis seule.

« Mais que penserez-vous de moi, monsieur, de moi qui vous écris ainsi sans être connue de vous et sans vous connaître autrement que par vos livres? Je ne sais trop comment excuser à vos yeux cette démarche inconsidérée; je ne sais comment l'excuser à mes propres yeux. . . . .

. . . .

« Je viens de passer un quart d'heure, tenant ma lettre dans les mains, prête à la déchirer, et je ne l'ai pas fait. Il me semble, monsieur, qu'on peut agir différemment avec vous autres, poëtes, qu'avec le commun des hommes. D'ailleurs, j'ai trouvé pour moi-même les raisons qui justifient ma démarche.

. « Je ne vous ai jamais vu, et probablement je ne vous verrai jamais; tout nous sépare, les positions, la distance. Certes, je n'oserais vous écrire s'il y avait la moindre possibilité que je pusse vous voir quelque jour. Tenez, monsieur, cette idée me donne du courage, je vais être franche. Je désire beaucoup savoir cet air; mais ce qui me fait surtout vous écrire, c'est le désir de vous apprendre que j'existe, de vous faire savoir que, dans un coin du monde que vous ignorez, il y a une âme qui comprend la vôtre, une amie inconnue qui vous aime de l'affection la plus désintéressée. Quand vous écrirez de ces lignes si poignantes de vérité, quand vous dévoilerez ces trésors de l'âme que la foule regarde sans les voir, vous saurez qu'il y a un cœur pour les recevoir et les comprendre.

« Tout cela, monsieur, n'est pas une *correspondance* que je veux avoir avec vous. Je ne le peux, ni ne le dois. Vous me répondrez une fois, une seule fois, pour me dire que vous avez reçu ma lettre. Souvent, en lisant vos livres, j'ai regretté qu'ils ne fussent pas écrits de votre main; les caractères de l'imprimerie me disaient trop qu'ils n'étaient pas pour moi seule; et j'en étais un peu jalouse. J'aurai quelques lignes écrites pour moi, écrites à moi, quelques lignes que personne ne verra, que je cacherai, comme on doit cacher tout bonheur.

« Voici qu'il faut fermer ma lettre, et j'ai encore envie de la brûler. Cependant le sort en est jeté; si cela vous ennuie, vous la brûlerez vous-même. Mais quelque chose me dit que vous me répondrez.

« Mon Dieu, si vous pouviez me croire légère, imprudente! Oh! monsieur, ne me jugez pas mal. Je suis une femme sage, modeste et retirée. L'amitié que j'ai pour vous est noble et pure. Je vous aime comme j'aime le soleil, comme j'aime la verdure des bois, comme j'aime les sombres harmonies du vent. Si je trouvais dans mon cœur la moindre pensée condamnable, je ne vous écrirais pas; j'ai pour vous de la reconnaissance et une sainte amitié: je n'oserais pas vous aimer si mon affection n'était pas une affection de sœur, et puis il y a longtemps que je vous connais; j'ai tant lu vos ouvrages, où il y a tant de votre âme!

« Je ne relis pas ma lettre, je ne l'enverrais pas. Si vous me répondez, adressez votre lettre à MMM., poste restante, au Havre. »

V

Après la lecture de cette lettre, Roger se leva ; il avait la tête brûlante. Il marcha dans sa chambre, puis dit : Au Havre, c'est tout près de moi, c'est là, on y va en trois quarts d'heure.

Il s'assit de nouveau et réfléchit à cette bizarre missive. Est-elle réellement ce qu'elle craint tant de paraître ? est-ce une coquette à moitié adroite ? n'est-ce qu'un lieu commun d'aventure ?

Cependant il y a dans cette lettre comme un parfum d'innocence et de pudeur.

Toutes ces pensées remplissaient son cœur d'une indescriptible émotion ; il se sentait oppressé , et, d'ailleurs, il était gêné pour penser par le voisinage des gens qui l'entouraient. Il n'aurait voulu , pour rien au monde, leur laisser deviner le sujet de sa préoccupation ; il ne voulait même pas qu'on vît qu'il était préoccupé. Cela lui eût semblé déjà une profanation, tant il prenait involontairement d'intérêt à ce qui lui arrivait.

Il prit son fusil et son carnier, et sortit, affectant, le plus possible, l'air d'un chasseur déterminé ; il se dirigea vers le bord de la mer, et marcha sans s'arrêter jusqu'au moment où il ne vit plus ni hommes ni maisons. Là , il s'assit sur une roche et relut la lettre. Le vent lui rafraîchissait délicieusement la tête ; cet homme, qui depuis longtemps renfermait tant de poésie dans son cœur, la laissait s'échapper en pensées d'amour et d'espérance.

Cette nonchalance de l'âme venait de cesser tout à coup ; il sentait renaître en lui le désir et l'énergie. Il eût voulu se jeter aux genoux de cette femme qui venait ainsi réveiller sa vie, et lui dire : Je t'aime. Il avait envie de partir, d'aller la chercher. Puis il se rappelait ses livres, il tâchait de se souvenir des passages qui avaient pu la frapper. Elle ne me parle pas de mes drames. Peut-être elle ne les connaît pas ; il y en a un cependant où j'ai parlé de l'amour avec feu et noblesse, un où j'ai jeté mon âme tout entière.

Et cependant, si, au lieu d'écrire *au public*, j'avais écrit *à elle* pour *elle*, si j'avais su que *dans un coin du monde* il y avait une âme qui m'écoutait !

La nuit le surprit dans cette fièvre poétique ; il regagna sa demeure. Quand il entendit le peu de bruit de la ville, quand il vit les premières maisons, tout son enthousiasme tomba ; il sourit amèrement, et se dit : Je suis fou.

Bérénice lui demanda d'un air goguenard s'il avait fait bonne chasse. Il se crut deviné, et pour la cacher davantage, il renfonça sa préoccupation dans son cœur, où elle se cramponna. Il répondit que non, qu'il avait été maladroit.

Et, de plus, dit Bérénice, monsieur n'avait ni poudre ni plomb. Et elle lui montra la poire à poudre et le sac à plomb oubliés sur une table.

A dîner, il trouva Marthe maussade et ennuyeuse. La pauvre Marthe était tout simplement comme à son ordinaire. Mais il n'était pas fâché d'avoir un prétexte de ne pas dire un mot. Il ne tarda pas à se renfermer dans sa chambre. Il prit une plume, du

papier, puis il fut longtemps sans écrire. Il se leva
et arrangea ses cheveux devant un miroir, involontairement; il sentait le besoin d'être beau même
loin d'elle. Puis il se remit à sa place. Que vais-je
lui dire? si je me laisse aller à l'influence sous laquelle je suis en ce moment, elle me prendra pour
un fou, ou elle s'alarmera de cette amitié subite et
passionnée. L'affection qu'elle me témoigne est fon-
dée, elle me connaît, elle. Mais, moi, ne pourra-t-elle
pas croire avec raison que je serais pour toute autre
ce que je suis pour elle?

Et d'ailleurs sais-je ce qu'elle est? Il faut pourtant répondre. J'aimerais mieux ne pas avoir reçu
cette lettre; je n'ai plus dans la tête que confusion
et incertitude.

Cependant, après s'être tenu quelque temps à la
fenêtre et à l'air, il revint à sa place et écrivit. D'a-
bord, il imagina de lui raconter toute sa vie; puis il
déchira la page. — Il faut garder l'auréole poétique
qui me couronne à ses yeux. Elle ne comprendrait
pas comment je me suis résigné à tout le prosaïsme
de la vie que je mène.

VILHEM A MMM.,..

«Votre lettre, madame, m'arrive dans un moment de découragement et d'abattement profond.
Fatigué des amitiés qui m'entourent et qui ont surtout ce défaut de n'être pas des amitiés, je saisis
avec empressement l'occasion de dépayser mon
cœur. Je vous aimerai de loin, cela me réussira
peut-être.

« Je ne sais comment vous écrire. Dans une correspondance ordinaire, vous me parleriez de moi, et je vous parlerais de vous. Mais vous me connaissez, et je ne vous connais pas. Vous me parlez de moi, et il faut répondre en parlant de moi. J'aimerais cependant bien pouvoir vous parler de vous.

« Souvent, quand j'écrivais, je m'isolais de la foule, du public, et je me figurais que je racontais mes livres à une femme pour laquelle seule je rêvais de la gloire, pour laquelle seule je voulais mettre en dehors ce qu'il y avait de beau et de noble en moi.

« Cette femme, je ne l'ai pas trouvée; voulez-vous l'être? Je n'écris plus; du moins je n'écris plus pour le *public*. J'écrirai pour vous.

« Peut-être vais-je vous paraître me donner beaucoup au hasard; peut-être ne méritez-vous pas ce qu'il y a de bonne affection pour vous dans mon cœur. Mais un instinct secret me pousse vers vous. Je joue mes dernières chances de bonheur, avec d'autant plus de confiance que je les croyais perdues, et que, si je me trompe, je serais comme j'étais hier. Aimons-nous donc de loin. Je vous donnerai de ma vie tout ce que j'en pourrai dérober aux ennuis qui m'entourent. Je regarderai comme une précieuse conquête tout ce que j'en pourrai réserver pour vous.

« Répondez-moi, parlez-moi de vous.

« Toujours à la même adresse. »

Oui, se dit Roger, toujours à la même adresse... Je ne l'aimerais plus si on soupçonnait le moins du monde notre correspondance. J'aime d'ailleurs le mystère dont je suis entouré, même à ses yeux. Pourquoi, moi-même, me livrerais-je plus vite qu'elle? Et puis je suis si près d'elle! si elle est telle qu'elle le dit, cela l'inquiéterait. D'ailleurs, il faudrait lui parler de ma vie actuelle, et peut-être aussi de ma femme; ce que je ferai le moins et le plus tard possible.

Puis il sortit et alla porter sa lettre à la poste, quoiqu'elle ne dût partir que le lendemain, et que cette précipitation n'avançât pas son départ d'une minute. Mais il lui semblait que cela le rapprochait d'elle.

Nous n'avons nullement l'intention de discuter les caprices et les fantaisies des amoureux, surtout de ceux qui ne connaissent pas leur maîtresse et sont les plus amoureux de tous.

VI

MMM. A VILHEM.

« Mon ami, que vous êtes bon! comme votre confiance m'honore et me rend heureuse! J'ai d'abord hésité à envoyer chercher ma lettre; à mesure que le moment approchait où votre réponse pouvait arriver, je l'espérais moins. Je ne demeure pas au Havre; laissez-moi ce mystère qui me protége et qui me donne le courage de vous aimer; ne me demandez pas où je suis : soyez seulement sûr que je pense à vous. Quand on est revenu, je n'osais pas demander si l'on avait une lettre; on me l'a remise,

je l'ai prise et je me suis enfermée : je ne pouvais
croire, c'est tout au plus si je comprends encore
mon bonheur. Maintenant j'ai lu et relu la lettre un
million de fois. Je ne m'étais pas trompée sur vous;
et cependant j'étais si fâchée de vous avoir écrit!
j'aurais donné tout au monde pour que ma lettre
ne vous parvînt pas.

« Oui, c'est avec un indicible bonheur que j'ac-
cepte votre amitié; vous verrez comme une femme
aime et console. Je suis donc votre sœur, votre
amie; je réunirai sur vous toutes les tendresses
d'une sœur, d'une mère. Laissez-moi vous aimer,
acceptez tout ce qu'il y a de dévouement dans mon
cœur; après cela, quand vous me connaîtrez mieux,
aimez-moi un peu si vous pouvez.

« Mais surtout, je vous le répète, ne cherchez à
savoir ni où je suis ni qui je suis; j'aurais peur de
vous, et je ne vous aimerais plus. Ma vie était si ennuyée, si triste, si inerte : rien ne me plaisait ni ne
m'intéressait. C'est que je vous avais deviné, mon ami,
c'est que je vous attendais, et que tout ce qui n'é-
tait pas vous ne pouvait me satisfaire. Je vous appelle aujourd'hui *mon ami;* il y a longtemps que je
vous appelle ainsi dans mon cœur : ce nom n'a rien
de nouveau ni d'étrange pour moi. Mais ne me
trouvez-vous pas bien imprudente, et ne fais-je pas
mal en agissant comme je fais? Cette terreur
qui me glace à la seule pensée qu'on pourrait savoir
que je vous écris, vient-elle d'un instinct de rete-
nue et de devoir, ou de la peur qu'on me prenne de
mon bonheur? Mon ami, si j'ai tort, dites-le-moi.
Guidez-moi, conseillez-moi; soyez bon, ne me pu-

nissez jamais de n'être qu'une pauvre femme igno-
rante qui n'a peut-être pas assez réfléchi avant de
vous écrire.

« Vous voulez que je vous parle de moi ; que
puis-je vous en dire ? Je ne l'ose pas encore ; il me
semble que ça serait un peu manquer à ma résolution de vous rester inconnue. Cependant, si vous
alliez vous faire de moi un portrait qui ne me res-
semblât pas , et que vous vous missiez à aimer ce
portrait... Je suis jeune, j'ai les cheveux blonds ,
je passe pour assez jolie. Voilà tout ce que vous
saurez.

« Mais vous, mon ami , faites-moi donc un peu
votre portrait. Du-reste, je suis sûre que je vous ai
deviné : vous êtes grand , élancé , vous avez vingt-
huit ans, votre chevelure est noire. Je gage que je
ne me trompe pas.

« La mer est bien belle au moment où je vous
écris. — Vous, Parisien, vous ne savez pas que la
nature nous donne des fêtes plus splendides que les
vôtres. Je vous envoie quelques violettes sèches que
j'ai trouvées cachées sous leurs feuilles dans mon
jardin. Ce sont probablement les dernières de l'année.

« Adieu. »

Le soir, Roger remarqua, avec mauvaise humeur,
que sa femme était blonde ; il lui semblait qu'elle
n'en avait pas le droit ; rien n'est choquant comme
les ressemblances que se permettent d'avoir les gens
qu'on n'aime pas avec les gens qu'on aime. Dans
la situation de Roger surtout, cette similitude était
tout à fait désagréable et incommode ; il ne connaissait pas le visage de sa correspondante, et quand

il voulait se le figurer en esprit, l'idée des cheveux blonds amenait naturellement une ressemblance entre la figure que cherchait à créer sa fantaisie et celle de sa femme. C'était, sans contredit, le plus mauvais tour que le hasard pût lui jouer.

Pour Marthe, elle annonça à Bérénice qu'il fallait, le lendemain, se lever de bonne heure, attendu qu'il y avait à s'occuper de la confection des confitures de coing. Roger fit une moue fort méprisante. Ce qui ne veut pas dire qu'il méprisât en elles-mêmes les confitures de coing, lesquelles sont incontestablement les plus spirituelles d'entre les confitures.

VII

MMM... A VILHEM.

« Je vous l'ai dit, cher monsieur Vilhem, je ne serai toujours pour vous rien autre chose qu'une affection ; et j'ai regret au mouvement de coquetterie jalouse qui m'a fait vous dire la couleur de mes cheveux. Je veux être pour vous comme les *anges* du ciel, dont on ne sait pas le sexe, que l'on croit beaux, sans savoir en quoi consiste leur beauté.

« Mais vous, je veux vous connaître, je veux vous voir et vous suivre en esprit ; dites-moi si je me suis trompée dans l'idée que je me suis faite de votre aspect et de votre visage. Dites-moi tout ce qui peut vous rendre plus présent à ma pensée.

Racontez-moi vos habitudes, les heures auxquelles vous travaillez. Faites-moi la description de votre cabinet de travail. Je veux savoir les couleurs et les fleurs que vous aimez ; travaillez-vous le jour ou la nuit ? quelques-uns des personnages que vous mettez en scène, dans vos ouvrages, sont-ils des portraits ou des fantaisies de votre imagination ? Si vous ne me répondez pas bien clairement à toutes ces questions, je me fâche contre vous, et je ne vous aime plus. Il y a surtout une question que j'ai gardée pour la dernière, en forme de post-scriptum, pour deux raisons : d'abord, parce que je n'ose guère la faire ; ensuite, parce que c'est peut-être celle qui pique le plus ma curiosité. Parlez-moi de la femme que vous aimez. Je ne comprends pas un poëte sans amour ; et vous qui possédez à un si haut degré toutes les facultés du poëte, vous n'aurez pas négligé précisément ce point.

« Il faut encore que vous vous soumettiez à un caprice. Vous recevrez, avec cette lettre, des plumes que j'ai taillées pour vous. Il faut vous en servir ; j'aurai un double plaisir à lire votre premier ouvrage. Mais, à propos, paresseux, votre dernier porte une date déjà vieille de trois ans. Que faites-vous donc ? Vous êtes-vous laissé prendre au tourbillon du monde ? avez-vous oublié ce que vous dites dans un de vos livres ? « Le poëte est comme l'aigle qui ne descend dans la vallée que pour y saisir sa proie, et s'envole avec elle plus près du soleil et du ciel, sur les pics inaccessibles où il a placé son aire. »

Lorsque Roger reçut cette lettre, sa maison était

tout entière en proie à la fabrication des confitures
de coing ; chaque cheminée avait un chaudron, chaque table était couverte de pots, et Marthe vint le
prier de découper les ronds de papier destinés à
couvrir les pots. La première pensée de Roger fut
de rejeter bien loin cette occupation qui cadrait médiocrement avec ses préoccupations et l'exaltation
actuelle de son esprit. Cependant il réfléchit qu'é-
tendu dans un fauteuil, et se livrant aux plus doux
rêves en songeant à *sa correspondance*, il devait,
aux yeux de Marthe, paraître le plus désœuvré des
hommes, et que son refus aurait tout l'air d'une
mauvaise humeur qu'il eût été fort embarrassé
d'expliquer. Il se résigna donc, prit les ciseaux et le
papier, et laissa agir ses mains selon les instruc-
tions reçues, tandis que son esprit franchissait l'espace qui sépare Honfleur du Havre-de-Grâce. Quand
il eut découpé un certain nombre de ronds, il pensa
qu'il avait le temps d'écrire avant qu'ils fussent
tous employés, et il répondit à MMM.

VIII

VILHEM A MMM....

« Hélas ! hélas ! hélas ! *cher ange*, puisque vous
voulez bien être le mien ; hélas ! hélas ! hélas ! il y
a dans la vie humaine une certaine quantité de
prosaïsme, — alliage dans l'or, — qu'il faut néces-
sairement subir, et auquel rien ne peut nous faire
échapper. Le poëte trouve quelquefois moyen de

dépenser son or pur, mais il lui faut, tôt ou tard, se servir de l'alliage pur à son tour : je me suis longtemps désespéré de cela ; aujourd'hui mon désespoir est devenu un rire sardonique. A quoi pensez-vous que votre lettre me trouve occupé ?... — A des travaux de ménage!

« Oui, vous êtes mon ange, mon ange consolateur, mon ange sauveur. Depuis que je vous ai trouvée, ma vie a un but. Je sais pourquoi je me réveille le matin : pour songer à vous, pour vous écrire, pour attendre votre lettre. Quand je vois le soir ces beaux couchers du soleil, ces splendides reflets dont se pare le ciel, j'ai maintenant un ange, un dieu à placer dans ce ciel, sur ce trône de pourpre et de feu, si tristement vide pour moi jusqu'ici. Maintenant je me réjouis de ce que le ciel m'a donné d'esprit, de force, de courage ; semblable aux saints de la mythologie hébraïque, « je me réjouis de la belle moisson que je puis offrir à mon Dieu. »

« Non, je ne travaille pas ; et pour cela je n'ai pas abandonné ma douce solitude, dans laquelle, sans vous connaître, je vous ai toujours gardé une place à côté de moi. Je ne travaille plus pour la foule, — dont, par une bizarrerie que je n'explique pas, les suffrages me laissent froid, et le blâme me blesse profondément. Je vous écrirai, j'écrirai pour vous seule tout ce que vous voudrez. Cependant, je me prends parfois à caresser dans mon cœur un amer regret. Je me rappelle ces quelques soirées de triomphe où, après la représentation de mon œuvre, mon nom, jeté à la foule, était répété par elle avec des cris d'enthousiasme presque furieux.— Oh ! que n'étiez-vous là ! c'est si j'avais dû en parer votre front que ces couronnes auraient eu du prix pour moi. Souvent, parmi toutes ces femmes parées, je cherchais vainement s'il y en avait une qui fût heureuse de mon triomphe, et mon orgueil, un moment satisfait, rentrait douloureusement en moi, et retombait sur mon cœur.

« Vous voulez me connaître. J'attends un ami qui peint un peu, — je ferai faire une sorte de portrait que je vous enverrai. J'espère que plus tard vous changerez d'idée sur le mystère qui vous dérobe à mes yeux. Les anges ne se cachaient que pour le vulgaire, et se manifestaient aux hommes vertueux qu'ils aimaient. Je suis, à ce prix, capable d'accaparer toutes les vertus.

« Tenez, je vous le disais bien, il faut expier tout bonheur, ou m'arrache d'auprès de vous; mais, cher ange, je me promets bien d'être, à l'avenir, complétement nul et bête pour tout le monde : je serai si heureux de n'avoir de l'esprit et du cœur que pour vous, et de vous garder tout ce que j'en ai ! »

IX

MMM... A VILHEM.

« Mon cher ami, pourquoi ne me disiez-vous pas que vous étiez marié? Croyez-vous que cela me chagrinerait? Mais cela m'enchante, au contraire. Vous avez disposé de la partie de vous dont je ne veux pas, et dont je n'ai que faire. Ce que je vous demande, ce que je veux, ne fait de tort à personne, et je le garde sans scrupule. Vous verrez, cher Vilhem, combien mon affection pour vous sera à l'avenir plus tendre et moins craintive. J'avais encore peur de vous, quoique je fisse bien la brave et la résolue. J'avais peur que vous vous crussiez obligé de m'aimer d'amour. Disons tout : — j'avais peur de finir par descendre de ce ciel d'où je vous aime saintement, pour vous aimer comme une simple mortelle ; je vous disais : Oubliez que je suis femme, et moi je ne pouvais l'oublier ; je le sentais par mes craintes et par ma réserve involontaire. Mais, aujourd'hui que j'apprends à quel point nous sommes séparés, quels invincibles et éternels obstacles s'élèvent entre nous, je puis vous aimer à mon aise, sans terreur, sans remords. Je ne redoute plus d'être sur une pente roide et glissante. Votre situation me marque des limites, — que moi, qui me connais, je suis certaine de ne pas franchir. Je ne passerai plus des demi-heures à relire mes lettres, à atténuer les expressions trop vraies de ma tendresse pour vous, maintenant que je suis sûre qu'elle ne peut m'entraîner. Nous ne parlerons jamais de votre femme. Vous ne me demanderez pas si je suis mariée. Voici encore une violette. Cette fois, ce sera la dernière. Je l'ai trouvée seule, ce matin, sous les feuilles couvertes de givre et ridées par le froid : elle renferme le dernier rayon du soleil, qui a à peine eu la force de l'épanouir et de la colorer.

« Il m'est venu une idée, une idée à laquelle je

tiens beaucoup ; mais, avant tout, écoutez-moi bien, mon ami : la révélation de votre mariage, tout en me tranquillisant par les bornes placées entre nous, me rendrait inflexible sur tout ce qui tendrait le moins du monde à me les faire franchir. Vous serez obéissant, cher Vilhem, je n'exigerai de vous que ce qui servira à nous conserver le bonheur que nous nous sommes fait.

« Mon idée, du reste, n'a rien de tyrannique ni de répressif : je vous envoie des graines des fleurs qui ont embaumé mon jardin tout cet été. Vous les sèmerez dans votre jardin, si vous en avez un, ou sur votre terrasse : ensemble, au beau temps, par les belles soirées, au même instant, nous respirerons les mêmes parfums. Je suis sûre que votre femme ne serait pas jalouse de cela. Mais il est convenu que nous ne parlerons jamais d'elle.

« Je ne veux pas de votre portrait; cela lui appartient, à elle. Je ne *veux* pas non plus que vous cherchiez jamais à vous rapprocher de moi. »

X

Nous avons ici le plaisir d'annoncer à nos lecteurs que deux lettres de notre collection ont été heureusement perdues. Nous disons heureusement, parce qu'elles ne contenaient que très-peu de chose en un certain nombre de pages : Roger s'étonnait de la découverte de *son ange;* il le remerciait de son idée de lui envoyer des graines, et il lui apprenait qu'il était possesseur d'un jardin. Il disait passablement de mal de sa femme.

L'ange le rappelait à l'ordre sur ce dernier sujet... Elle n'avait fait que soupçonner le mariage de Vilhem d'après une phrase de sa dernière lettre : il avait pris lui-même la peine de transformer ce soupçon en certitude..... Elle lui demandait des graines en échange de celles qu'elle lui avait envoyées.

XI

Roger partit un matin, avec son fusil sur l'épaule, gravit jusqu'au sommet de la côte ; puis, ayant regardé si personne ne le voyait, il redescendit par un autre chemin ; et, comme on entendait tinter la cloche du *Passager*, dernier signal qui annonce le départ du bateau qui va de Honfleur au Havre, il se prit à doubler le pas, et arriva au moment où le patron donnait ordre de retirer l'échelle.

Il y a des gens qui ont, relativement à la mer, des idées dont ils ne peuvent se départir en aucun cas ; il est juste de dire que ces gens, d'ordinaire, ne sont pas plus progressifs sur d'autres sujets. Nous avons vu d'honnêtes Parisiens se sentir pris du mal de mer juste au moment où, en passant la barre de Quillebœuf, on leur disait que l'on sortait de la Seine pour entrer dans l'Océan. Pour la plus tranquille et la plus courte traversée, on croit devoir avoir le mal de mer, comme on croit devoir manger du pâté à Chartres ; préoccupation qui a empêché bien des gens de visiter la magnifique cathédrale et les beaux vitraux que l'on y trouve également.

Arrivé au Havre, il déjeuna, puis il se dirigea vers la poste, pour y mettre lui-même une nouvelle lettre. Il se sentait un invincible besoin de se rapprocher d'elle ; chaque femme, que, sur son chemin, il vit marcher dans la direction de la poste aux lettres, lui fit éprouver un indicible serrement de cœur.

MMM. semblait parler sérieusement dans les conditions qu'elle mettait à la correspondance ; il aurait craint de lui inspirer de la défiance en lui avouant qu'il était beaucoup moins loin d'elle qu'elle ne le supposait. Aussi avait-il eu soin, dans sa lettre, de lui expliquer qu'elle verrait *souvent* sur ses lettres le timbre du Havre, parce qu'il les envoyait à une *connaissance* qui les mettait à la poste. Comme il allait sortir du bureau, une domestique y entra qui demanda au buraliste : *Avez-vous une lettre ?* Et elle joignit à cette question un ton et un air d'intelligence qui semblait témoigner qu'elle était connue et qu'on savait ce qu'elle demandait.

— *Une lettre aux trois MMM*, reprit le receveur avec un sourire niais ; *la voici.*

La domestique sortit avec la lettre.

Roger resta quelques instants stupéfait, puis il se précipita sur ses traces ; il ne tarda pas à la rejoindre, et la suivit jusqu'au moment où elle entra, sur la hauteur d'Ingouville, dans une petite maison

de laquelle on devait avoir une admirable vue de
la mer.

Il s'arrêta à quelques pas de la porte : son cœur
battait violemment. Cette femme, l'objet de tous
ses rêves, le sujet de toutes ses pensées, elle était
là; il pouvait la voir ; l'épaisseur d'une porte les
séparait. Un moment il eut envie d'entrer brusquement, de se jeter à ses genoux, etc.

Entre un semblable plan et l'exécution, il y a
quelque peu de chemin. Et si elle n'est pas seule,
et si, dans le premier effroi, elle crie, elle appelle,
et si elle ne veut plus me voir pour avoir manqué à
nos conventions ! Il s'approcha timidement, et, à
travers une grille de bois peinte en vert, il plongea
des regards avides dans le jardin qui entourait la
maison : quelques plates-bandes avaient des bor-
dures de violettes, il se rappela celles qu'il avait
reçues ; il se représenta l'*inconnue* écartant de ses
petites mains effilées, devenues roses par le froid,
ces feuilles glacées et d'un vert morne. Le moindre
détail extérieur de cette petite maison l'intéressait
à un point que nous ne saurions dire. Il cherchait à
deviner, par le nombre des fenêtres, où devait être
sa chambre, et, quand il croyait voir remuer un
des rideaux, il ne pouvait plus respirer.

Évidemment ces rideaux bleus appartiennent à
sa chambre ; mais, voici une autre pièce, avec des
rideaux jaunes, il n'est pas probable que ce soit un
salon ; qui habite cette pièce ? Il sentit, à cette
pensée, froid au cœur.

Le temps passait vite au milieu de ces émotions ;
il ne tarda pas à s'apercevoir qu'il était au moins

temps de retourner au bateau, s'il voulait profiter de la marée. Il descendit la côte, regardant à chaque instant derrière lui : quand il fut arrivé à un endroit où un pas de plus ne lui permettrait plus de voir la maison, il s'arrêta quelques instants, puis il se hâta de gagner le port ; mais *le Passager* était parti. Ce contre-temps était fâcheux : il n'avait pas averti chez lui qu'il ne rentrerait pas, et cependant il n'y avait plus moyen de partir avant le milieu de la nuit. Il s'y résigna cependant, d'autant mieux que cela lui permettrait de retourner à Ingouville ; il dîna, et retourna à son poste par beaucoup de détours : il n'était pas curieux de rencontrer les parents de sa femme.

La chambre bleue était seule éclairée. Il suivait avec anxiété la moindre oscillation qu'éprouvait la lumière, une ombre passa sur le rideau ; mais cette ombre était immense et difforme, et ne pouvait rien faire discerner. Il y eut un moment où il aperçut deux ombres, puis les sons d'une harpe se firent entendre ; les cordes vibraient délicieusement dans le silence de la nuit, et résonnaient au plus profond de son cœur ; il resta longtemps plongé dans un ravissant enchantement. Puis, les accords cessèrent, il se fit du mouvement dans la chambre, la lumière changea de place et s'éteignit.

Il frissonna ; le mouvement d'aucune lumière n'avait indiqué que la seconde ombre passât dans une autre pièce.

A moins, cependant, qu'il n'y ait un passage au fond de la chambre... Il fit le tour de la maison, et s'aperçut qu'elle était double en profondeur ; cela le

tranquillisa à moitié. Il resta encore quelque temps,
malgré son manteau, il était roide de froid ; il redescendit en proie à des impressions diverses. Son
amour avait changé de nature, depuis que *son ange*
était devenu, sinon visible, du moins possible à
voir ; depuis que l'âme aimée avait pris un corps.

Il rentra chez lui vers trois heures du matin. Bérénice le reçut fort mal ; pour Marthe, elle dit fort
doucement qu'elle avait été inquiète. Roger fut de
mauvaise humeur de cette douceur qu'il fallait bien
aimer un peu : tout ce qu'il enlevait à MMM. lui
coûtait prodigieusement ; et surtout depuis sa découverte, elle s'était emparée, du moins par la
pensée de Roger, de tout ce qu'elle avait laissé à
Marthe jusque-là.

XII

Depuis ce jour, chaque matin Roger partait de
Honfleur, allait passer quelques instants devant la
maison d'Ingouville, et revenait le soir, toujours
sous prétexte d'une chasse lointaine. Marthe s'y
était habituée, et n'y faisait pas la moindre atten-
tion ; pour Bérénice, elle ne pouvait trouver na-
turel que monsieur passât à la chasse une centaine
d'heures par semaine, et ne rapportât jamais rien :
un soir, Marthe en fit elle-même l'observation. La
correspondance ne s'arrêtait pas néanmoins, et
l'inconnue se laissait aller, de jour en jour, à une
tendresse plus expansive.

Les excursions de Roger duraient depuis plus d'une semaine, lorsqu'il s'avisa de deux choses : la première était qu'il fallait s'informer du nom des propriétaires d'Ingouville, se faire donner pour eux une lettre de recommandation, et s'introduire dans la maison, sans se faire connaître de MMM. ; la seconde, qu'il fallait, de temps à autre, rapporter un peu de gibier.

Il écrivit donc à Léon qu'il eût à lui envoyer, dans le plus bref délai possible, une lettre de n'importe qui, pour M. Aimé Deslandes, à Ingouville.

En attendant la lettre, il alla errer autour de la maison, sans jamais voir personne autre que quelques domestiques qui commençaient à remarquer ses assiduités. Il vit avec chagrin que le jardin n'était pas cultivé, que l'herbe poussait dans les allées, et qu'on aurait pu facilement lui appliquer cette naïveté d'une femme qui croyait que l'*horticulture* n'était autre chose que la *culture des orties*.

Il en tira la conséquence que *l'ange* se parait d'un peu plus d'amour de la nature et des fleurs qu'elle n'en ressentait réellement. Il en fut indisposé contre elle : l'affectation des bonnes qualités et des beaux sentiments est tellement odieuse, que, faute d'autre moyen de la détruire, on se sent quelquefois porté à désirer l'anéantissement de l'original pour anéantir, en même temps, les insupportables copies que l'on en fait.

Ce jour-là, la mauvaise humeur qu'il ressentait contre *l'ange* lui inspira naturellement l'idée qu'il ne fallait pas s'aliéner sa femme entièrement ; et qu'il devait ne négliger aucune précaution pour ne

pas lui laisser soupçonner l'infidélité, tous les jours
moins platonique, dont il se rendait coupable envers
elle. Aussi, à son retour à Honfleur, s'adressa-t-il à
un braconnier qu'il connaissait un peu, et le pria-
t-il de lui vendre une pièce de gibier quelconque.
Le braconnier, un moment embarrassé, ne tarda
pas à lui apporter un *magnifique canard sauvage*,
que Roger paya sans marchander, et qu'il jeta sur
la table, avec un air d'indifférence étudiée, quand
Bérénice vint lui ouvrir la porte.

Le lendemain matin, il reçut de Léon la lettre
pour M. Aimé Deslandes, d'Ingouville ; on ne l'an-
nonçait que sous son nom de Roger. Il sauta de joie
à la réception de cette lettre, il pourrait étudier
l'ange sans qu'elle s'observât devant lui ; il la verrait, lui parlerait, entendrait sa voix, sa voix qui
manquait tant aux douces paroles qu'elle lui écri-
vait. Il était trop tard pour aller au Havre ce jour-
là ; il se mit à attendre que la journée passât, pres-
sant chacun des *actes* qui la remplissaient, et dont
il n'avait ordinairement nul souci. Il demanda de
dîner de bonne heure, parce qu'après dîner il n'y
avait plus rien à faire qu'à se coucher et dormir
jusqu'au lendemain.

Je ne sais quel air moqueur avait Bénénice en
servant sur la table le produit de la chasse de son
maître ; toujours est-il qu'elle resta dans la salle à
manger plus longtemps que son service ne l'exi-
geait, pour jouir de l'effet que devait produire né-
cessairement le plat qu'elle venait d'apporter.

Le *canard sauvage* était accommodé *aux navets*,
ni plus ni moins que le dernier d'entre les canards

de basse-cour. Marthe, en bonne ménagère, ne manqua pas de s'en apercevoir, et d'en faire l'observation.

— Madame, reprit Bérénice, il faut que monsieur ait été à la chasse dans une ferme, et ait tué ce canard en lui tordant le cou; car, outre qu'il n'a pas un grain de plomb dans tout le corps, c'est le canard le moins sauvage que l'on puisse voir, et je parierais mes gages d'un an qu'il barbotait encore avant hier dans la mare de quelque ferme.

Marthe sourit; et, voyant l'embarras de Roger, elle dit : Bérénice, vous ne savez ce que vous dites.

— Si fait bien, madame! repartit Bérénice ne voyant pas ou feignant de ne pas voir les signes que sa maitresse lui faisait pour lui ordonner de se taire. J'en ai accommodé par centaines des sauvages et des privés; celui-ci est un peu trop gros pour un sauvage; un canard sauvage qui connaît son état a le cou plus grêle, la patte plus menue, les ongles plus noirs, et surtout la membrane des pieds un peu plus mince et douce que celle des pieds de ce paysan. A un vrai canard sauvage, les palmes sont comme un satin.

Roger prit le parti d'avouer en souriant qu'il avait acheté le canard et que le braconnier s'était moqué de lui. Marthe sourit d'abord; puis quelque chose de contraint se mêla à son sourire, puis un mouvement imperceptible de sa physionomie sembla dire : Au fait, j'en ai pris mon parti. Un quart d'heure après, elle ne pensait plus *aux chasses* sans résultats de son mari, ni à tout ce qu'elle aurait eu le droit d'en conclure.

Pour Roger, il avait perdu de vue ses griefs contre MMM.; il sentait à chaque instant un frisson lui parcourir le corps. Puis il s'inquiétait de l'effet qu'il produirait sur elle. Il se releva au milieu de la nuit pour voir s'il avait un gilet convenable; il craignait d'être gauche, embarrassé; il préparait ce qu'il avait à dire. Après tout, se disait-il, elle ne saura pas que c'est moi.

Dès le point du jour il était sur la jetée de Honfleur, attendant qu'il plût à la mer de monter assez pour qu'on pût mettre le *Passager* à flot.

Arrivé au Havre, il se fit friser, raser; il acheta des gants de la dernière fraîcheur; puis, comme il avait un peu plu le matin, et que les chemins étaient fangeux, il s'occupa de trouver une voiture qui pût le conduire à Ingouville. Arrivé près de la porte, il sentit qu'il pouvait à peine respirer, et que le premier mot qu'il prononcerait s'arrêterait dans sa gorge et l'étoufferait inévitablement; il passa la main dans ses cheveux, rehaussa sa cravate, s'assura si sa lettre était dans sa poche et sonna. On fut quelque temps sans répondre, puis des pas lourds et traînants s'approchèrent, et un vieux domestique ouvrit la porte.

— M. Aimé Deslandes?

— Il vient de partir pour Rouen.

Roger reprit haleine, et dit :

— Et madame?

— Madame est avec lui; ils seront absents pendant quinze jours. Monsieur veut-il laisser son nom.

— Je reviendrai.

Et il remonta en voiture. Peut-être lui eût-il été

6

fort difficile de dire s'il était bien fâché de la mésaventure.

Le soir, Marthe lui dit : Mon cher Roger, vous rentrez depuis quelque temps bien tard; pour ne pas vous gêner ni moi non plus, car je ne puis souvent retrouver un sommeil interrompu, j'ai fait mettre un matelas de plus au lit qui est dans votre chambre, et vous pourrez y coucher *habituellement*.

Roger regarda fixement sa femme. La physionomie de celle-ci était calme et naturelle, et ne peignait ni colère ni mauvaise humeur. Peut-être au premier moment eût-il demandé ce changement; mais, venant de sa femme, cette idée le troubla et lui parut suspecte. Pour se tranquilliser, il relut toutes les lettres de l'*inconnue*, qui était si près de ne l'être plus; et, quand il s'endormit, il avait complétement oublié tout ce qui n'était pas elle.

XIII

La petite maison de la côte d'Honfleur renfermait de grandes agitations. Marthe avait à moitié compris que quelque chose qui n'était pas elle préoccupait singulièrement son mari; d'abord elle s'en était affligée, puis elle avait montré un peu de mauvaise humeur, puis elle était devenue triste, puis enfin elle avait pris le parti de se renfermer dans les soins de son ménage; seulement elle s'éloignait de son mari au moins autant que celui-ci lui semblait s'éloigner d'elle; elle s'était résignée à l'abandon, pourvu qu'elle ne fût pas exposée à un partage.

Pour Roger, il s'aperçut que sa femme s'éloignait de lui, sans se douter le moins du monde que ce n'était qu'une représaille.

Après un grand danger, quand on a senti la vie prête à s'exhaler à la première fois que l'on respirera, il y a des jours pendant lesquels on aime la vie pour elle-même. Vivre est un bonheur qui n'en laisse désirer aucun autre; on borne tous ses désirs à respirer, à sentir la douce influence du soleil, à s'enivrer du parfum des fleurs, à écouter le vent dans les arbres, à contempler les longues prairies étendues sur le sol comme un immense tapis de velours vert. Il semble que l'on nait à tout cela : c'est une seconde naissance, mais avec la conscience de la vie et des sensations.

C'est du petit nombre des bonheurs dans la vie qui se formulent autrement que par un désir ou un regret; on ne saurait dire tout ce qu'on découvre de valeur dans un bien que l'on a perdu ou que l'on va perdre. Il n'y a de patrie que pour les exilés.

Roger s'aperçut que sa femme ne le recherchait pas, et même quelquefois évitait de se trouver avec lui; il remarqua seulement alors ce qui avait toujours existé, que, même auprès de lui, elle songeait à tout autre chose. Il pensa que cette tout autre chose pouvait bien être quelqu'un; il sentit quelque chose de poignant lui toucher le cœur; il fut jaloux, et il sortit moins; il épia sa femme, il parla devant elle, à propos de choses qui n'y avaient aucun rapport, du mépris qui est le partage de la femme adultère; il dit plusieurs fois que, si jamais il était trompé, sa vengeance serait terrible, etc., etc.

Marthe le regardait avec étonnement et le laissait dire.

VILHEM A MME...

« Voici plusieurs jours, cher ange, que je ne puis prendre sur moi de vous écrire, parce que je suis involontairement préoccupé d'une pensée qui n'est pas vous. Cependant, comme c'est un chagrin, vous avez le droit de le connaître, et je croirais avoir un tort à votre égard en ne venant pas chercher auprès de vous du secours et des consolations. Le croiriez-vous? je suis jaloux, et jaloux sans amour, et jaloux de ma femme. Depuis assez longtemps déjà elle n'est plus la même, elle m'évite, je la gêne, elle n'a jamais rien à me dire, et, si je lui parle, elle m'écoute sans m'entendre, mes paroles ne sont qu'un vain son qui frappe ses oreilles sans arriver à son esprit. Je n'ai jamais compté pour beaucoup dans sa vie, je n'y suis plus aujourd'hui pour rien.

« Certes, je devrais me féliciter de cette indifférence qui me permet si bien d'être tout à vous; eh bien! je suis inquiet, tourmenté. Pour vous autres femmes, la trahison d'un mari n'est rien quand vous ne l'aimez pas; elle peut blesser votre orgueil, vous faire craindre que son infidélité ne vienne du mépris de vos charmes; mais cela ne dure que jusqu'au moment où un autre hommage vient vous rassurer sur ce point.

« Mais l'opinion attache du déshonneur *pour nous* aux fautes de notre femme; nous sommes comme cet enfant que l'on avait donné pour camarade à un jeune prince, et que l'on fustigeait quand le prince ne savait pas sa leçon. D'ailleurs, l'infidélité du mari est tout extérieure, celle de la femme remplit la maison de trouble et de désordre.

« Mais je voudrais cependant vous parler de vous; depuis quelques instants que je suis là à vous écrire, je trouve déjà moins d'importance au sujet qui m'occupait. Ah ! pourquoi ne voulez-vous pas que je vous voie ? rien ne pourrait m'atteindre. Mon Dieu, que je pense à vous ! Chaque fois que j'éprouve une émotion, soit à la vue de quelque beau spectacle de la nature, soit par quelque pensée qui m'élève l'âme, je vous cherche à côté de moi. »

MMM... A VILHEM.

« Que de peine vous vous donnez, cher ami, pour me dire et à la fois ne pas me dire que vous êtes jaloux de votre femme; que cet incident a réveillé un feu qui n'était qu'assoupi ; en un mot, que vous êtes amoureux, et amoureux lamentable ! Croyezvous que cela puisse me faire de la peine ? Vrai, monsieur, vous avez bien peu d'intelligence de ne pas comprendre ce que je crois cependant vous avoir dit assez clairement.

« Je ne veux de vous que ce dont *elle* ne ferait aucun usage ; soyez *son mari*, soyez son amant, je ne le trouverai pas mauvais. Racontez-moi votre amour malheureux pour votre femme, et je vous consolerai, je vous aiderai à triompher de ses résistances ; je trahirai, dans l'intérêt de votre triomphe, les secrets du cœur des femmes.

« Vous l'aimez. Eh bien ! pourquoi ne pas le dire franchement ? pourquoi cacher *vos vertus ?* L'amour conjugal est une des plus respectables choses du monde ; il y a une lâcheté grotesque à nier les vertus que l'on a et à se parer des vices que l'on n'a pas.

« Vous vous établissez en don Juan, et vous pouvez être le modèle des époux et des pères de famille ; laissez-vous donc être vertueux. Je serai quelques jours sans vous écrire pour ne pas vous donner de distractions au milieu de ces excellents sentiments.

« Adieu. »

XIV

Roger relut cette lettre plusieurs fois pour s'expliquer le mouvement d'impatience qu'elle lui avait donné d'abord. L'inconnue dissimulait mal sa mauvaise humeur ; Roger voyait qu'à son insu elle l'aimait d'une manière beaucoup moins exceptionnelle qu'elle le voulait faire croire. Il s'irrita contre les femmes en général ; il se mit à nier l'amitié, en quoi il ne nous paraît pas avoir tout à fait tort.

L'amitié entre deux personnes de sexe différent n'est rien ou est de l'amour. Dans l'amitié ordinaire, un ami procure à son ami tous les bonheurs qu'il dépend de lui de lui procurer : il lui cède sa stalle au théâtre, il lui prête son cheval, il joue aux échecs avec lui, etc.

Mais, si vous avez une femme pour amie, qu'elle n'ait ni stalle à vous céder, ni cheval à vous prêter, et que vous ne soyez pas disposé à jouer aux échecs, il peut arriver que dans une soirée aux deux coins du feu, ainsi que les amis en passent de si excellentes, vous n'ayez plus d'histoires à lui raconter, et qu'elle ait disposé en votre faveur de toutes celles qu'une femme raconte; alors ne pouvez-vous sentir un désir de passer vos mains dans les ondes de ses longs cheveux; ne sentirez-vous pas une secrète attraction qui portera ces cheveux à vos lèvres, ou vos lèvres à ces cheveux? N'aimerez-vous pas quelquefois à regarder ses doigts effilés, à tenir cette petite main douce dans votre main? car l'amitié ne durcit pas les mains des femmes, et n'éteint pas ce feu qui se communique si rapidement quand les paumes des mains se touchent, si rapidement que la poitrine en sent une subite commotion; qu'il semble que les veines s'ouvrent, et que le sang de l'un gonfle les veines de l'autre et remonte au cœur.

Si vous racontez à une femme, votre amie, les rêves de votre âme, cet amour vague, semblable à l'oiseau craintif qui, à l'heure où la première étoile scintille, voltige au-dessus des vieux tilleuls, hésitant et cherchant sur quelle branche s'abattre;

Si vous lui dites : La femme que j'aimerais aurait les yeux de ce bleu changeant, tantôt gris, tantôt vert, qui donne au regard tant d'expression; et si, en la regardant, vous trouvez dans son regard cette pénétrante expression dont vous parliez... qu'arrivera-t-il?

Un ami fera tout au monde pour vous donner la femme que vous aimez.

Votre amie fera-t-elle moins pour vous si c'est elle-même que vous aimez ?

Si *votre ami* était une femme, il serait votre maîtresse.

XV

MMM... A VILHEM.

« Je voudrais bien que vous n'eussiez pas reçu ma lettre, mon ami ; elle n'a pas le sens commun, ou plutôt elle a un sens par trop commun et trop vulgaire. Quand je me la rappelle, je suis sûre que vous m'avez crue piquée de votre confidence ; non, mon ami, non, j'en suis reconnaissante ; ne me privez jamais du droit de vous consoler : vos chagrins m'appartiennent, et c'est pour eux seulement que je ne veux pas de partage.

« Je vais donc vous rassurer, mon ami, à l'égard de votre femme. Vous m'en avez peu parlé, et peut-être eussiez-vous aussi bien fait de ne pas m'en parler du tout.

« Une femme sage reste sage, par cela seul qu'elle l'a été longtemps ; je m'explique :

« Bien plus que la vôtre, notre vie est soumise à une foule de convenances et d'usages auxquels nous ne pouvons échapper. Nos habitudes sont tyranniques, et nous ne pouvons ni les changer ni les modifier sans qu'on s'en aperçoive, puisqu'elles sont liées à tous les détails de l'intérieur de la maison.

« Une femme ne peut se lever plus tôt ou plus tard que de coutume sans tout changer autour d'elle; elle ne peut tenir fermée une porte habituellement ouverte, ni sortir aux heures où elle ne sort pas d'ordinaire, sans qu'on le remarque et sans qu'on en tire des conséquences. Admettez qu'une femme ait triomphé de ses habitudes de vertu et de réserve, qu'elle ait oublié ses devoirs les plus sacrés, qu'elle ait passé par-dessus les craintes du danger et du mépris, elle sera arrêtée encore par une foule de petits inconvénients qui la gêneront à chaque instant. Une autre femme a sa vie toute disposée pour l'intrigue, on ne remarque ni une heure qu'elle passe renfermée, ni deux heures qu'elle passe dehors, parce qu'elle a toujours fait ainsi; mais celle qui a mené une vie calme et sédentaire, on lui demandera tout de suite la raison qui dérange ainsi ce qu'elle a accoutumé d'être et de faire.

« Le mal alors né peut faire que des progrès extrêmement lents, et souvent le drame n'a pas de dénoûment; il y a aussi bien plus de femmes qu'on ne le suppose généralement, je ne dis pas qui soient *vertueuses*, parce que je mets un peu la vertu dans l'intention, mais qui ne soient pas infidèles. Adieu, mon ami, il est plus facile qu'on ne croit à un mari de conserver sa femme, et il n'y en a pas un qui ne soit complice au moins pour la moitié du mal qui peut arriver. »

7

XVI

MMM. A VILHEM.

« Vous n'avez pas répondu à ma lettre, peut-être la cause la plus simple et la plus naturelle vous en a empêché, et je ne puis faire autrement que d'attribuer cette inexactitude aux plus tristes événements ; j'espère, mon ami, que vous n'êtes ni malade ni malheureux.

« Écoutez-moi : l'éloignement où nous sommes l'un de l'autre, les obstacles qui nous séparent à jamais, me donnent le courage de vous faire un aveu.

« Je vous aime. Je vous aime de tout l'amour que peut contenir une âme. Vous comprenez qu'après cet aveu je ne vous verrai jamais ; mais j'ai pensé que je faisais un cruel et inutile sacrifice de vous cacher ainsi ce qui se passe dans mon cœur ; j'ai pensé que, sûre comme je suis de ne jamais voir mon amour criminel, je pouvais, sans terreur, me laisser aller à la douceur de vous en parler ; que je n'avais pas le droit de vous cacher de mes pensées celle qui exerce sur ma vie le plus d'influence et de pouvoir.

« Je vous aime de tout un trésor d'amour que j'ai, depuis que j'existe, amassé et enfermé dans mon cœur ; je ne vis que par vous et pour vous.

« Maintenant vous ne me demanderez plus à me voir ; je veux garder à mon amour toute sa pureté et toute son innocence, et pour cela il faut que je ne vous voie jamais.

« Au nom du ciel, Vilhem, ne me parlez plus de votre femme ; c'est votre funeste confidence qui m'a ainsi éclairée sur moi-même, et qui me force à vous avouer aujourd'hui ce qu'à moi-même je ne m'étais pas encore avoué. Vous ne sauriez croire les pensées mauvaises qui ont traversé mon cœur depuis quelques jours ; j'ai senti une joie cruelle des torts que votre femme avait peut-être envers vous ; j'ai été heureuse de penser qu'elle ne vous aimait pas, que j'étais seule à vous aimer ; et en même temps je la plaignais de méconnaître un bonheur qui aurait si bien rempli ma vie à moi ; mais aussi, quand je vous voyais la regretter, quand je voyais votre amour par la jalousie, comme je la haïssais !

« Savez-vous, Vilhem, pourquoi je vous dis tout cela ? c'est parce que ces pensées ne se glissaient dans mon cœur qu'à la faveur des ténèbres dont elles s'enveloppaient. Je penserai tout haut avec vous, et mes mauvaises pensées avorteront en naissant, comme certaines herbes de marais se dessèchent au soleil. »

XVII

VILHEM A MMM...

« Tu m'aimes donc enfin, cher ange, tu m'aimes ! et mon âme est remplie d'une joie que je n'ai jamais sentie, que je n'ai jamais soupçonnée. Que ce mot doit être doux quand ta voix le prononce! Tu m'aimes! et moi aussi je t'aime, moi aussi je ne vis que par toi et pour toi! Mais quel est donc cet amour qui te laisse ainsi maîtresse de ta volonté, et ne dépasse pas les limites que tu lui prescris? Quoi! c'est au moment où par ce charmant aveu tu me donnes de te voir, d'être auprès de toi, un désir qui me dévore, c'est à ce moment que tu prononces ce terrible arrêt : Nous ne nous verrons jamais!

« Comme tout m'est indifférent maintenant, comme le monde entier conjuré contre moi me trouverait dédaigneux et invulnérable! Tu m'aimes! Ah! comment as-tu si longtemps gardé dans ton cœur ce mot qui devait me rendre si heureux!

« Je suis maintenant à l'abri de tout, Que m'importent cette femme et ses actions! je suis tout à toi; elle n'aura plus même le pouvoir de m'impatienter, je t'appartiens; je vis dans l'atmosphère dont m'entoure ton amour. Oh! que je voudrais retrancher de ma vie toutes ces inutiles années, tous ces jours perdus, que j'ai passés sans t'aimer, sans être aimé de toi! Mon Dieu! que la vie me semble courte pour renfermer tant de félicité!

« Cher ange, votre volonté seule peut m'empêcher de tout quitter pour voler auprès de vous, là où est mon âme. Ni préjugés, ni convenances, ni sentiments, ni devoirs, rien ne m'arrêterait. Votre amour est mon seul bien, ma seule ambition. Oh! pourquoi me refusez-vous de vous voir, d'entendre une seule fois le son de votre voix? et j'irai ensuite vous aimer au fond du désert le plus sauvage, j'emporterai du bonheur pour toute ma vie. Vous ne savez pas quel supplice c'est de ne pouvoir jamais me représenter vos traits.

« Aimez-moi, ne m'abandonnez jamais : je pouvais vivre sans vous, je m'ennuyais seulement parce que mon cœur restait vide de toute la place qui vous appartenait ; mais maintenant, sans votre amour, je sens que je ne pourrais vivre, car votre amour est devenu ma vie tout entière. »

XVIII

Roger n'exagérait pas l'émotion à laquelle il était en proie ; il ne pensait qu'à son inconnue, il ne pouvait plus voir personne sans une visible mauvaise humeur ; il restait chez lui moins que jamais, et ne trouvait nulle part de grève assez sauvage, de plage assez solitaire, pour y cacher son bonheur, ses désirs et les souffrances que lui causait par moment la résolution de celle dont dépendait désormais son existence.

Les quinze jours que devait durer l'absence des habitants de la maison d'Ingouville étaient écoulés ; il alla au Havre, plein d'une émotion dont l'œil le moins clairvoyant se fût aperçu. — Je la verrai, disait-il, je l'entendrai, mais je commanderai à mes transports : elle ne me reconnaîtra pas.

Arrivé au Havre, il avait oublié la lettre de recommandation : il fut anéanti. Que faire de cette longue journée ? on ne pouvait repartir que le soir. Léandre eût traversé à la nage.

Il y avait du temps de Léandre des amants plus entreprenants qu'aujourd'hui; peut-être aussi n'y avait-il pas à l'endroit que traversait Léandre des courants semblables à ceux que l'on rencontre du Havre à Honfleur, et qui entraîneraient invinciblement un bâtiment qui aurait la maladresse de s'y laisser prendre.

Il acheta des fleurs, et les fit porter à la maison d'Ingouville; certes, il envoya avec ces fleurs la meilleure partie de son âme.

Le lendemain il arriva avec sa lettre. Au moment de sonner, il lui semblait que le bruit de la sonnette allait être le signal de quelque grand bouleversement de la nature : cependant ce bruit n'eut d'autre effet que d'attirer le même domestique qu'il avait déjà vu.

— M. Aimé Deslandes? — Il est sorti.

Roger sentit un frisson mortel. — Allons, pensât-il, ils ne sont pas revenus.

— Et madame? — Madame est chez elle. — Annoncez-moi. — Donnez-vous la peine d'entrer.

Et l'on introduisit Roger dans la pièce dont il n'avait vu du dehors que les rideaux bleus. Il croyait entrer dans le ciel; un parfum était répandu dans la chambre, parfum vague que l'on ne pourrait désigner par aucun nom, parfum qui semble s'exhaler d'une belle bouche. C'était, comme il l'avait soupçonné, une chambre à coucher.

— Monsieur veut-il attendre un instant?

Et on le laissa seul. Il s'approcha d'une glace et répara quelque désordre survenu à sa cravate et à ses cheveux. Puis il examina avec avidité tous les

détails de cette chambre si sacrée pour lui. Les rideaux du lit étaient bleus comme ceux des fenêtres.
Une écharpe avait été oubliée sur un meuble, il
s'en saisit et la porta à ses lèvres. Mais on ne pourrait peindre avec quel ravissement il reconnut dans
un vase du Japon le bouquet qu'il avait envoyé la
veille. On l'avait parfaitement soigné, il baignait
dans une eau pure et qui avait évidemment été re-
nouvelée le matin. Il en prit une fleur et la cacha.

Tout était d'une grande élégance autour de lui,
quoique beaucoup d'objets parussent d'une époque
bien antérieure à l'âge que peut avouer une femme.
Il y avait auprès de la cheminée une causeuse sur
laquelle on avait laissé une broderie commencée; il
n'y avait que quelques instants qu'*elle* avait quitté
cette place, il s'y assit. Il croyait rêver; il cherchait à se la représenter. — Comment sera-t-elle
vêtue? et son regard, et sa voix? Mais lui, Roger,
comment cacher son émotion? comment ne pas lui
dire : — C'est moi, c'est Vilhem! Il lui semblait
qu'elle devait le reconnaître, comme lui la recon-
naîtrait dans une foule. Une porte s'ouvrit, et la
portière au drap bleu qui la couvrait se dérangea,
et une femme entra.

Sa robe était une de ces couleurs indéterminées
que l'on a assez désignées en les appelant couleurs
foncées : elle était longue et presque traînante...

XIX

— Ah! parbleu! monsieur, a le droit de dire ici
le lecteur, vous abusez de la description, et vous
vous livrez ici à la plus ridicule et la plus déplacée
que j'aie jamais eu le malheur de rencontrer.

— Hélas! monsieur, c'est que la femme qui était
dans cette robe était un vieillard de cinquante-cinq
ans, avec un tour de cheveux en soie et du rouge
végétal sur les joues.

Roger resta quelques instants étourdi. Tant que
la porte ne fut pas refermée derrière la personne
qui entrait, il s'attendit à la voir suivie d'une autre. Puis il chercha sur ce vieux visage des traces
de la beauté qu'il s'était figurée. Cependant il fallait
parler : il demanda M. Deslandes. — Il est absent.
— Alors, madame, je suis désespéré de vous avoir
dérangée. Il salua, et se retira après avoir jeté encore un coup d'œil sur madame Deslandes.

Il sortit de la maison sans savoir où aller; il n'a-
vait plus d'intérêt à rien, il n'y avait aucune raison
d'être dans un lieu plutôt que dans un autre; son
illusion perdue, la vie lui paraissait devenue un chemin circulaire qui ne conduit à rien.

Il rentra chez lui le soir, en proie au plus profond découragement; il n'entendait pas ce qu'on
lui disait ou répondait à peine; ce n'était plus de
la distraction, c'était de l'abattement; il avait l'air
si malheureux, que sa femme en eut pitié, et lui

demanda s'il était malade; sur sa réponse négative, elle lui demanda s'il était affligé. Cette sollicitude, passant des maux du corps à ceux du cœur, était d'abord un devoir, ensuite un sentiment affectueux. Roger se reprocha tout ce qu'il avait ôté de sa vie à cette bonne créature, pour cette vieille femme dont la mystification le rendait si malheureux. Il resta plus longtemps que de coutume dans la chambre de sa femme, et quand, lui donnant une bougie allumée, elle lui dit « Bonsoir, » il hésita un moment : mais un refus l'eût tellement blessé, qu'il n'osa pas s'y exposer.

Le lendemain, il ne sortit pas; il s'occupa de quelques travaux dans le jardin; il changea la disposition des meubles de la chambre; il s'enquit si sa robe de chambre était en bon état; en un mot, il était facile de voir que ses pensées ne l'entraînaient plus dehors.

Cependant, par moments il prenait ce qu'il avait vu à Ingouville pour un rêve; la mémoire lui retraçait bien le vieux visage, mais il lui semblait voir en même temps derrière lui une autre figure, la figure de son inconnue, fraîche et souriante.

XX

MMM. A VILHEM.

« Qu'êtes-vous donc devenu, mon ami; que je ne reçois plus de vos lettres, de vos lettres qui me sont si précieuses et si chères? Êtes-vous malade ou

8

m'avez-vous oubliée? Je ne puis croire que vous
soyez triste ou malheureux. vous m'auriez écrit,
vous auriez confié vos chagrins à mon cœur; c'est
la seule infidélité que je ne vous pardonnerais pas.
J'espère, du reste, que quelque chasse lointaine,
quelque plaisir, est ce qui vous a distrait de moi.
Hier, j'ai relu quelque chose de vous; une phrase
m'a frappée : « Une vie sans amour, c'est une prai-
« rie sans fleurs, c'est une fleur sans éclat et sans
« parfum. »

« Cela est bien vrai, mon ami; quand je me rappelle ce que c'était que mon existence avant de vous
connaître, je ne comprends pas où je trouvais la
force de supporter une vie si pesante et si désintéressée de tout. Je suis heureuse, cher Vilhem, je
suis bien heureuse, votre amour me fait une part
si belle dans la vie, que je me laisse aller à prendre
en pitié tout ce qui m'entoure ; cela me rend bonne
et indulgente pour tout le monde; j'ai tant de bonheur à moi toute seule, que je crois en avoir dérobé
une partie, et que je voudrais le cacher même à
Dieu pour ne pas exciter l'envie.

« Que ne puis-je, mon ami, remplir votre existence comme vous remplissez la mienne! Que vous
m'aimeriez si vous étiez aussi heureux que moi!
certes, vous n'auriez pas été si longtemps sans
m'écrire. Votre silence m'inquiète et trouble le
bonheur calme que vous m'avez donné. Je n'ose
m'entretenir moi-même ni vous entretenir de ce
bonheur, ma fatuité pourrait irriter le sort, et le
faire m'infliger de tristes expiations. »

XXI

MMM. A VILHEM.

« Encore quatre jours écoulés sans une lettre de
vous. Au nom du ciel, Vilhem, ne jouez pas ainsi
avec le sentiment le plus vrai. Depuis quatre jours
je paye mon bonheur si fugitif par d'horribles inquiétudes et d'intolérables angoisses. Depuis quatre
jours, je meurs de douleur et de regret. Hélas! je
m'arrête dans mes reproches; qui sait quelles tristes
circonstances peut-être nous séparent? Il est une
idée qui me revient à chaque instant et qui me
donne un frisson glacial, une idée que je n'ose ad-
mettre, que je repousse tout le jour, une idée qui
revient en rêve pendant mon sommeil. — Oh! non!
on ne meurt pas quand on est tant aimé.

« Et d'ailleurs, quel accident imprévu aurait pu
vous frapper? Vous êtes jeune, bien portant; non,
c'est impossible. — Mais alors vous m'avez donc oubliée? — Oh! moi, avant de vous oublier, de vous
laisser sans nouvelles, je serais morte. — Mais alors
mon âme serait auprès de vous. »

XXII

VILHEM A MMM.

« Il n'y a donc pas de sympathie, et tout ce qu'on
en dit n'est qu'une misérable invention des faiseurs

de romans. Vous ne m'avez donc pas reconnu? Madame, je suis resté dix minutes dans la même chambre que vous, et parce que je ne vous ai pas dit
mon nom, vous n'avez pas su que c'était moi. »

XXIII

MMM. A VILHEM.

« Vous n'êtes donc pas mort! maintenant seulement j'ose envisager cette épouvantable pensée, et
elle m'effraye moins que je ne l'aurais cru, tant je
sens bien que je serais morte de votre mort. Mes
terreurs, mes nuits sans sommeil n'ont donc servi
qu'à me faire sentir plus profondément à quel point
je vous aime. Mais que me dites-vous donc dans
cette lettre dont je n'ai vu la froideur qu'après m'ê-
tre réjouie en la recevant, en reconnaissant votre
écriture? Que me dites-vous? — Je ne vous ai
pas reconnu; vous avez passé dix minutes avec
moi, etc.

« Que signifie cette folie? Il y a bien longtemps
que je n'ai vu un visage étranger, et si je vous avais
vu, fussiez-vous au milieu d'une foule, j'aurais dit :
C'est lui. Mais, de grâce, expliquez-moi vite ce
mystère inconcevable.

« Mais, je vous en prie, ne m'exposez plus à de
semblables tortures, j'ai souffert au delà de toute
expression. Promettez-moi bien, cher ami, de ne
plus ainsi m'abandonner. Dites-moi les causes de
votre oubli. Que de choses vous devez avoir à me

raconter ! Moi, pendant tout ce temps, je n'ai fait qu'attendre, me désespérer, relire vos lettres et pleurer. »

XXIV

VILHEN A MMM.

« Parlons sérieusement, madame ; je sais tout, il n'est plus temps de prolonger la plaisanterie. Je sais tout ; c'est, je crois, vous en dire assez. »

XXV

MMM. A VILHEN.

« Vous savez tout. Alors vous savez que je vous aime, vous savez que je me brise la tête pour savoir ce qui s'est passé sans pouvoir rien deviner ; vous savez que mon pauvre cœur est bien froissé et bien triste de vous voir aussi injuste et aussi ingrat.

« Je cherche. Voilà ce qui se passe en moi, je ne vous cache rien : je n'ai pas une pensée qui ne soit pour vous, ou plutôt qui ne soit vous ; si quelqu'un peut me trouver des torts, ce n'est pas vous, vous à qui j'ai donné toute ma vie ; ce serait plutôt ceux auxquels, pour vous donner tout, je n'ai rien gardé de mes affections et de mes soins.

« Vous savez tout. Vous savez alors que vous me

faites mourir de chagrin et d'impatience ; vous savez que mes yeux sont brûlés des larmes que vous
me faites répandre. »

XXVI

VILHEM A MMM.

« C'est moi, madame, qui suis allé vous demander M. Deslandes il y a une quinzaine de jours ;
c'est moi qui n'ai pu vous parler qu'en balbutiant,
et me suis hâté de sortir de votre présence (après
que vous m'avez appris l'absence de votre mari).
C'est moi qui n'avais pu résister plus longtemps au
besoin de vous voir, et qui, sous un frivole prétexte,
me suis présenté à vous sans me faire connaitre.

« Voudriez-vous bien, madame, me dire quel était
le but de la plaisanterie dont vous m'avez rendu
victime, et la raison qui, pour l'exécution de cette
plaisanterie, m'a valu votre préférence ? »

XXVII

MMM. A VILHEM.

« Quel bonheur, cher Vilhem ! et comme j'ai ri
du sujet de votre grave ressentiment ! C'est bien
fait, monsieur, et je suis enchantée de ce qui vous
est arrivé : cela vous apprendra à mépriser mes
ordres.

« Mon Dieu ! comme je vous appartiens ! comme

vous me faites passer en peu d'instants de la tristesse la plus amère à la joie la plus folle ! Mais il
faut que je vous gronde sérieusement. Je ne veux
pas vous voir ; ce n'est que l'impossibilité où nous
sommes de nous rencontrer qui me donne le courage de vous aimer et de vous dire que je vous
aime ; ne gâtez pas mon bonheur par de semblables
craintes. Je ne vous avais pourtant pas trompé,
monsieur ; je vous avais dit : Je ne demeure pas au
Havre ; mais c'est probablement en trompant que
vous avez appris à être défiant. Vous avez cru que
je vous abusais, vous avez cru m'avoir trouvée à Ingouville. Vous avez trouvé là une vieille femme, et
vous avez cru que cette vieille femme c'était moi, et
vous vous êtes cru aimé d'une vieille femme.

« Non, monsieur, non, je ne vous avais pas trompé ;
je suis jeune et assez jolie ; la femme que vous avez
vue est une amie de ma mère qui fait prendre vos
lettres à la poste et me les fait parvenir sans se
douter le moins du monde de ce qu'elles contien-
nent. Non, non, je ne vous aurais pas vu sans vous
reconnaître, j'en suis sûre.

« Mais vous, vous avez cru que c'était moi ! à vos
yeux j'ai été pendant quinze jours, je suis encore,
au moment où j'écris ceci, cette pauvre chère madame Deslandes, si longue, si sèche, avec ses joues
couvertes de fard et ses faux cheveux. Comment ré-
parerez-vous cela ?

« Sérieusement, cher Vilhem, ne cherchez plus à
me voir ; vous m'affligeriez et vous m'ôteriez toute
ma sécurité. Mais quel jour donc étiez-vous si près
de moi ? »

« *P.-S.* Je vous envoie de mes cheveux, pour bien constater ma jeunesse et leur *véracité.* »

XXVIII

Roger fut un peu honteux de son quiproquo; mais il fut bien heureux de ne pas avoir perdu, comme il se l'était figuré, cet amour sans lequel il ne savait plus que faire de chacun des jours qu'il avait à passer. MMM. lui demanda comment il avait pu suivre ainsi ses lettres jusque chez madame Deslandes; il prétexta un voyage d'affaires au Havre, et ajouta à ce mensonge le récit vrai de sa rencontre au bureau de poste avec la domestique qui avait porté sa lettre.

L'ami Moreau arriva a Honfleur au moment où on l'attendait le moins : il venait passer quelques jours avec Roger, et, pour se distraire, *contempler la sauvage beauté des rives de l'Océan.*

La nuit qui suivit son arrivée fut employée, par Roger et Moreau, en confidences réciproques.

Ainsi qu'il est d'usage entre deux amis qui ne se cachent rien, Roger ne dit pas un mot de sa corpondance avec sa belle inconnue, et Moreau raconta ses bonnes fortunes avec des femmes qu'il n'avait jamais vues. Moreau était un Lovelace qui avait une liste de victimes d'autant plus longue qu'elle se composait de toutes les femmes qu'il n'avait pas eues : du reste, il ne tarissait pas sur son enthousiasme pour la nature ; il venait *respirer*, et oublier quelque temps Paris, *cette ville de bruit, de boue et de fumée.*

Le lendemain, il ne se réveilla qu'à onze heures ; il déjeuna, puis il fit une partie de billard avec Roger. — A propos, dit-il, voici le collier que tu m'as demandé ; et il sortit de sa poche un petit écrin. Roger lui fit signe de se taire, prit l'écrin, et dit : — Surtout n'en parle pas devant ma femme.

— Comment ! je croyais que c'était pour elle.

— N'importe, n'en parle pas.

— Ah ! je comprends, c'est une surprise que tu veux lui faire.

— Le collier n'est pas pour elle.

— Ah ! Roger, les perles lui iraient à ravir.

Le second jour, il plut depuis le matin. Moreau, qui avait apporté sa boîte de couleur pour faire des *études*, comme il convient à un peintre qui voyage, dessina de face, de profil et de trois quarts, la berline dans laquelle il était venu, et que l'on avait laissée dans la cour.

Le troisième jour, la pluie de la veille avait rendu les chemins impraticables ; il joua au piquet avec Roger. Roger, qui ne jouait jamais aux cartes, s'endormit profondément.

Le quatrième jour, Marthe était indisposée ; Moreau, qui n'avait pas voulu accompagner Roger à la chasse, dîna seul, et passa la soirée à jouer aux cartes avec Bérénice.

Le cinquième jour, il se rappela qu'il avait des lettres à remettre au Havre ; et le sixième, Roger fit avec lui la traversée de Honfleur, et revint seul chez lui.

9

XXIX

« Je vous envoie, cher ange, un collier de perles qu'il vous faudra porter pour l'amour de moi. Je vous remercie bien du précieux trésor dont vous m'avez enrichi. N'avez-vous rien senti des baisers dont j'ai couvert vos cheveux? Il y a dans le papier dont vous vous servez pour m'écrire une odeur si douce, qu'elle semble émaner de vous. Cette odeur me permet d'être toujours avec vous. Au milieu de l'ennui que me donnent les gens que je suis obligé de voir, je porte votre dernière lettre, cachée dans ma main, à mes lèvres, et je m'enivre de son parfum céleste. Il y a pour moi, attachée aux odeurs, aux couleurs, une foule d'idées mystérieuses qu'il me serait à peu près impossible de définir, ou dont la définition me donnerait, aux yeux de bien des gens, tout l'air d'un rêveur à cervelle creuse ou remplie de fantastiques images. Je vous l'ai dit : je n'écris plus pour le public; j'ai retrouvé dans un tiroir quelques vers assez mal rimés, et quelques lignes de prose que comprendront seuls ceux que la nature a doués d'un profond sentiment des couleurs, ceux qui n'entendent pas seulement par les oreilles, mais aussi par le cœur et par l'imagination, ceux auxquels parlent les parfums et les couleurs, dans un langage mystérieux et poétique. »

XXX

MMM. A VILHEM.

« Je suis bien heureuse du beau collier que vous m'envoyez, mon ami ; l'habitude où je suis de porter des robes *montantes* me permettra de le garder toujours sur moi sans qu'on s'en aperçoive. Maintenant que je vous ai remercié, il faut que je vous gronde.

« Le ciel m'avait donné une magnifique occasion de vous aimer à mon aise, sans danger, sans scrupule ; j'aurais dû profiter de cette occasion, me laisser passer pour vieille, vous appeler mon fils, et ne vous montrer qu'une affection protectrice et maternelle. J'aurais évité le trouble étrange que m'a causé ce que vous avez la méchanceté de dire de ces baisers donnés, je ne sais pourquoi, à mes cheveux. Hélas ! oui, je les ai sentis, et j'en suis encore toute triste et toute honteuse. Mon Dieu, pourquoi m'aimer de cette manière ? cela n'est bon qu'à oppresser le cœur et à m'agiter de mille soucis inquiétants. Voyez comme je suis folle, et comme vous avez tort de me dire ces extravagances. Hier soir, à minuit, je pensais à vous ; eh bien ! je suis sûre que vous avez baisé mes cheveux, j'en ai senti une impression ravissante et douloureuse à la fois, et tout cela a fini par des larmes, car je vois mon amour aujourd'hui moins innocent que je ne l'avais cru d'abord. Oh ! mon ami, il ne faut jamais nous voir ; il faut me laisser croire que mon amour est une vertu.

« Je ne vous l'ai jamais dit ; mais vous savez bien, vous avez bien deviné que je suis mariée. Vilhem! Vilhem! j'étais sans remords jusqu'au moment où vous avez reçu cette fatale boucle de cheveux. Je ne veux pas être coupable envers lui ; il est bon, il veut que je sois heureuse.

« Vous êtes donc venu au Havre. Vous avez vu cette mer que je vais contempler presque tous les jours ; vous avez dû éprouver les mêmes émotions que moi ; ce jour-là, Vilhem, nous n'étions pas séparés. Hélas! vous n'êtes que trop près de moi, puisque vous me bouleversez ainsi. Ne m'écrivez pas de semblables choses, je vous en prie; ne dérangez pas un bonheur dont je jouis si complètement.

« Pourquoi donc suis-je si triste aujourd'hui en vous écrivant? et pourquoi cette tristesse a-t-elle tant de charmes pour moi? Souvent, quand je regarde la mer et le ciel, je suis des yeux et de l'âme un flocon de nuages qui va vers la Seine et Paris; je pense que ce nuage passera au-dessus de votre tête. Quand je suis bien seule, je confie des paroles au vent pour vous les porter quand il souffle vers vous; et, quand il vient de votre côté, il me semble qu'il y a dans son haleine quelque chose de votre voix. »

XXXI

VILHEM A MNN.

« Laisse-toi donc m'aimer, cher ange, et ne lutte
pas ainsi avec le bonheur que le ciel nous envoie.
N'as-tu pas assez donné à cet être vulgaire et inepte
qui te possède sans te comprendre, qui n'a d'intelligence ni dans l'esprit, ni dans le cœur, puisqu'il
ne sait pas qu'il est le plus heureux des hommes,
puisqu'il ne meurt pas de son bonheur? Il te possède! Mon Dieu, que je le hais quand cette pensée
vient me gonfler le cœur! Il a à lui tout le bonheur, toute la joie qui devait être ma part dans ce
monde. Que de haine il y aurait dans mon âme si
l'amour y laissait de la place! Que dois-tu donc à
ton tyran, à celui qui nous sépare? Tu es à moi, à
moi, qui sais te comprendre et t'aimer ; à moi, qui
souffre si cruellement de ton absence ; à moi, que
le ciel a créé pour t'adorer. Que sont ces liens
odieux imaginés par les hommes, et dans lesquels
nous gémissons l'un et l'autre, auprès de ce lien céleste dont Dieu nous a unis, en nous donnant deux
âmes pareilles qui se cherchent si loin?

« Je t'aime, et je prendrai de toi, de toi qui
m'appartiens, tout ce que j'en pourrai prendre. Tu
te plains du trouble que t'a causé ma lettre, ah! si
tu sentais ce feu dévorant qui circule dans mes
veines quand je baise tes cheveux; si tu connaissais

ce délire qui fait que je t'appelle dans mes nuits sans sommeil, et que je tends les bras dans l'ombre!... Oh! je t'en prie, augmente mon trésor, envoie-moi quelque chose qui ait fait partie de ton vêtement : un ruban, un gant. Ce collier caché sous ta robe, de combien de caresses je l'ai chargé! »

XXXII

MMM. A VILHEM.

« Nous sommes deux insensés, moi, surtout, qui ai cru que cet amour serait une distraction dans ma vie; il est devenu ma vie tout entière. Mais, mon ami, ayez pitié de moi, vos lettres me font trop de mal.

« Une feuille périodique, qu'un hasard a fait tomber dans mes mains, car je n'en lis jamais, m'apprend qu'on va jouer au Havre une pièce de vous, représentée à Paris il y a quelques années; j'assisterai à la représentation : que mon cœur battra doucement de votre triomphe! que je serai fière et heureuse! Cher Vilhem, vous serez au théâtre, nous ne nous verrons pas, mais nous saurons que nous sommes dans la même enceinte; les applaudissements vous réchaufferont le cœur, en pensant que je les entendrai, et ce jour-là vous aimerez la gloire. »

XXXIII

Roger sentit à cette nouvelle une profonde émotion. Tout ce qui, depuis longtemps, était mort en lui, se réveilla ; il fut toute la nuit tourmenté de savoir quelle était la pièce choisie par les comédiens : Pourvu que ce soit ma meilleure, pourvu que le public capricieux ne change pas d'avis sur ce qu'il a déjà applaudi ! Le lendemain, il courut au Havre ; la pièce que l'on devait représenter était celle qui avait obtenu le plus de succès. Mais, comme il se rappelait des vers faibles, d'autres détestables : — Ah ! disait-il, si alors j'avais été aimé d'elle !

Par moments, il semblait à Roger que le jour de la représentation n'arriverait jamais ; d'autres fois, il aurait voulu pour tout au monde le retarder indéfiniment ; un jour, il voulait changer un rôle, un autre jour, supprimer un acte. Il se promettait, du reste, de se tuer si la pièce n'était pas couverte d'applaudissements ; et quand, pour se rassurer, il se rappelait ceux qu'elle avait obtenus lorsqu'elle avait été représentée à Paris, il sondait les plus profonds replis de sa mémoire et de sa conscience, pour énumérer tout ce qui avait pu contribuer au succès du drame, en dehors de son mérite intrinsèque : les amis qu'il avait dans la salle, les billets donnés le jeu de tel acteur, la figure de telle actrice, la jambe de telle autre, dont la jupe était fort courte.

Une fois, il se leva au milieu de la nuit, et, attendit, en se promenant dans sa chambre, que le jour parût. Alors il se transporta au Havre en toute hâte : il avait changé un demi-vers, qui ne faisait qu'une cheville dans la pièce, en un hémistiche plein de force et de pensée; mais l'acteur lui fit observer que ce demi-vers insignifiant lui servait à prendre un temps, et qu'il ne s'en priverait qu'à la dernière extrémité.

XXXIV

Enfin le jour fixé pour la première représentation arriva; Roger ne parlait plus, ne mangeait plus. Il n'osait envisager la pensée d'une défaite, et il reculait de toute sa puissance devant une pareille épreuve. L'affiche elle-même lui donna quelques inquiétudes; son nom, écrit en lettres trop grosses, pouvait paraître l'indice d'un excès de vanité et indisposer le public; le prix des places était augmenté; cela devait naturellement rendre les spectateurs moins indulgents; il savait que la jeune première s'était fâchée la surveille avec l'amoureux; il y avait tout lieu de craindre que cette mésintelligence ne mît dans leur jeu une déplorable froideur.

Dès le matin, il ne pouvait rester en place; l'impatience et la fièvre donnaient à ses mouvements quelque chose de bref et de saccadé. Il s'occupa de sa toilette; l'inconnue pouvait le deviner, quelqu'un de sa société pouvait reconnaître et lui désigner l'auteur de la pièce.

Il fut longtemps à déterminer s'il mettrait une cravate blanche ou une cravate noire ; puis, quand il se fut décidé pour la cravate noire, il se trouva que la plus belle n'était pas ourlée ; il appela Bérénice pour faire réparer cette omission ; mais Bérénice, occupée à repasser des manchettes à madame, reçut cette communication sans la moindre bienveillance. Il revint à l'idée de la cravate blanche.

Marthe se fit attendre pour le déjeuner ; Roger en fut de très-mauvaise humeur : il lui semblait que tout allait mal ce jour-là. Il mangea peu, et roula encore dans son esprit le parallèle entre la cravate blanche et la cravate noire, en appuyant, avec une préférence marquée, sur les avantages de la cravate noire ; préférence qui avait son origine dans les obstacles que rencontrait l'adoption de cette cravate, et la conviction qu'il s'était laissé acquérir que *tout allait mal* ce jour-là.

Il pensa que bien des gens ont la manie de juger de notre caractère, de nos vertus, de nos défauts, de nos qualités, d'après la manière dont nous nous habillons, ou d'après toute autre affaire de détail aussi insignifiante en elle-même, sans que ces savants philosophes s'avisent de songer que ce qu'ils prennent pour un choix, un goût ou une préférence, n'est souvent qu'une misère. Nous avons vu l'homme le plus coloriste du monde, un homme qui prétendait entendre grincer et hurler des couleurs rapprochées sans harmonie, se montrer dans tout Paris avec un pantalon noisette, un habit bleu à

10

boutons de cuivre, et un gilet vert. Hélas! il nous fut donné d'entrer dans la confidence de tout ce que cachait de misères ce bizarre accoutrement; nous fûmes instruit du désir d'*écouler une partie* de drap noisette qui avait saisi un tailleur qui faisait crédit; nous apprîmes comment un habit bleu, fait pour une pratique qui ne l'avait pas trouvé à son goût, avait été jugé par le tailleur assez bien fait et assez élégant pour l'artiste, qui, traversant les rues ou entrant dans une maison avec une conscience peut-être exagérée du ridicule d'un semblable accoutrement, parlait plus bas que tout le monde, et n'osait avoir une opinion à lui.

Marthe parla la première, et dit : — Il fait beau.

Roger fut effrayé de ce début; il y avait peut-être là une intention, qui allait prochainement éclater, de demander à faire une promenade.

Il crut devoir répondre : — Hum! hum!

— Monsieur, répliqua Bérénice à cette opinion formulée assez clairement sur la certitude du temps, le vent souffle plein *est;* le temps est sûr pour toute la journée.

— Bérénice, reprit Roger, avant de vous ériger ainsi en almanach, vous feriez mieux de faire rôtir mon pain.

Bérénice sortit. Roger s'étendit fort au long sur les divers défauts qui la distinguaient.

Marthe ramena la question du temps : — La mer est calme et unie comme une glace, dit-elle. — Il ne faut pas vous y fier, dit Roger; quoi qu'en dise Bérénice, le vent varie de l'*est* au *sud* et même au *sud-ouest.* Et, en disant ces paroles, il se sentit pris d'une horrible crainte ; il lui sembla voir fondre sur lui un orage plus terrible mille fois que n'en peut amener le vent de sud-ouest le plus continu et le plus violent. Il y avait longtemps que Marthe n'était allée dans sa famille ; il ne voyait, il n'y avait rien à lui objecter, si elle en exprimait le désir : il n'y avait pas dans l'air de vent de quoi remuer les feuilles qui jonchaient les allées du jardin. Il prévint la dangereuse proposition.

— Tant mieux, dit-il, car votre sœur viendra probablement vous voir aujourd'hui, et elle aura beau temps pour la traversée du Havre.

Bérénice rentra avec une lettre, qu'elle donna à sa maîtresse. —Mais, Roger, dit Marthe, où prenez-vous l'idée que ma sœur doit venir aujourd'hui ? Loin de là, elle est indisposée, et me prie d'aller la voir.

Je le croyais, chère Marthe, et je le croyais si bien, que j'ai invité le voisin et sa femme à venir passer la soirée avec vous. — Quelle bizarre sollicitude vous a donc saisi tout à coup pour l'emploi de mes soirées ! et n'auriez-vous pas dû me consulter un peu sur les plaisirs dont vous voulez m'accabler ? — J'ai peut-être été un peu étourdi ; mais on ne peut leur faire une impolitesse sans risquer de s'en faire d'irréconciliables ennemis. Il faudra les recevoir.

Marthe ne répondit pas à cette sorte d'injonction ; non qu'elle s'y soumît, mais, au contraire, parce qu'elle avait besoin du plus profond recueillement pour aviser aux moyens de s'y dérober.

Roger n'insista pas non plus, parce qu'il méditait également le moyen de rendre vraie l'invitation qui n'existait que dans sa tête. Tous deux se séparèrent en état d'hostilité latente, et prêts à engager le combat.

Roger courut chez le voisin.

Il le trouva avec sa femme : cette femme était juste assez jeune pour donner encore un peu de jalousie à son vieux mari ; elle avait, du reste, quatre ans auparavant, eu une intrigue assez scandaleuse avec un lieutenant de douane.

— Mon voisin, lui dit-il, je viens vous faire une invitation sans cérémonie, ainsi qu'on peut le faire à un homme indulgent et spirituel comme vous. Ma femme attendait sa sœur, qui est indisposée ; elle m'avait chargé, il y a plusieurs jours, de vous *prier à prendre le thé* aujourd'hui avec elle : je ne viens qu'aujourd'hui. Elle ne me pardonnerait pas d'avoir si mal fait sa commission, il faut donc que vous veniez ce soir, et que vous lui laissiez croire que je vous ai, d'après son intention, engagés il y a plusieurs jours.

Comme Roger sortait, il se croisa avec Bérénice, qui venait de la part de sa maîtresse ; il se félicita de sa promptitude d'exécution, et rentra chez lui pour tâcher d'obtenir de Marthe elle-même qu'elle ourlât sa cravate noire.

Voici, du reste, quelle était la lettre que Marthe avait assez perfidement imaginé d'écrire à sa voisine.

« J'espère, ma voisine, que vous n'avez pas oublié que je vous attends ce soir ; je suis d'autant plus charmée de vous voir, que c'est un plaisir que

vous ne me procurez pas souvent. Nous aurons
quelques personnes, et je compte sur votre figure et
sur votre esprit pour leur rendre la soirée agréa-
ble ; le lieutenant de la douane doit nous chanter de
nouvelles romances qu'il a reçues de Paris. »

A quoi la voisine répondit, comme Marthe s'y
attendait bien :

« Je me promettais le plus grand plaisir de votre
aimable invitation, mais une de ces migraines que
vous me connaissez vient de me prendre, et me
torture tellement, que j'ai peine à ne pas crier. Vous
avez mauvaise grâce à vous prendre à moi de la ra-
reté de nos entrevues. Sitôt que ma mauvaise santé
me le permettra, j'irai m'excuser et vous remercier. »

Marthe montra cette lettre à Roger comme il
s'approchait d'elle sa cravate à la main.

— Eh bien ! dit-elle, la mauvaise humeur de la
voisine ne me laissera pas inconsolable, car je ne
crois pas aux migraines. J'irai voir ma pauvre sœur,
car je suis sûre qu'elle est plus malade qu'elle ne
le dit.

Je prendrai la liberté d'être précisément d'un avis
opposé au vôtre, chère Marthe ; je connais assez votre sœur pour la croire plus disposée à exagérer son
mal qu'à l'atténuer. Vous seriez bien bonne..., con-
tinua-t-il en présentant sa cravate.

Marthe l'interrompit.

— Vous vous trompez bien sur ma sœur, dit-elle,
ou plutôt vous avez bien envie de me contrarier ;
c'est quand vous me voyez mortellement inquiète
sur une personne que j'aime, que vous vous ima-
ginez d'en dire du mal.

— Mais, chère Marthe, il n'est pas probable que le danger ait augmenté depuis dix minutes, et votre inquiétude ne me paraît avoir de cause que la contradiction ; peut-être même pourrais-je trouver la même raison à l'exaltation peu habituelle de votre amour pour votre sœur.

— Il est plus facile, reprit Marthe avec aigreur, de nier les bons sentiments que de les avoir.

— Rien ne porte à les nier, reprit Roger avec non moins d'aigreur, comme d'en voir faire inutilement parade. Je voudrais qu'on pût supprimer toutes les vertus, si c'est là le seul moyen d'en supprimer l'affectation.

— Pauvre sœur ! dit Marthe.

— Pauvre Roger ! dit Roger en lui-même.

J'irai voir ma sœur, dit Marthe.

— C'est impossible, dit Roger ; je ne puis vous y accompagner : j'ai à Honfleur un rendez-vous d'affaires.

— Bérénice viendra avec moi.

— Non, je serais inquiet si vous faisiez sans moi la traversée ; et il m'est impossible d'aller au Havre aujourd'hui.

A ce moment Bérénice entra.

— Monsieur, dit-elle, le capitaine Bambine vous fait avertir que le départ est pour cinq heures.

— Et pourquoi le capitaine Bambine vous fait-il avertir de l'heure du départ ? demanda Marthe.

— C'est, reprit Bérénice, que monsieur lui a dit, il y a deux heures, qu'il allait au Havre ce soir.

— Que me disiez-vous ? dit Marthe, il vous était

impossible d'aller au Havre, et votre seule idée est d'y aller sans moi. Roger! Roger!

— Je vous ai dit que je n'allais pas au Havre, parce que j'ai changé d'idée : je reste à Honfleur.

— Restez-vous à la maison? dit Marthe.

— Non, je vous ai dit que j'avais une affaire à Honfleur.

— Eh bien! je resterai ici.

— J'aime à vous voir raisonnable, chère Marthe.

— Dites obéissante.

— Vous devriez bien ourler ma cravate. '

— Volontiers.

Et les deux époux avaient sur le visage un air de triomphe indescriptible : ils se trompaient tous les deux.

Roger s'habilla lentement. Marthe ourla la cravate, puis défit l'ourlet, et le refit.

On entendit le tintement de la cloche du bateau; c'est le dernier signal, celui qui ne précède le départ que de quelques minutes.

Roger sentit la vie s'arrêter dans sa poitrine. Marthe le regardait; il affecta la plus entière indifférence.

Il fallait aller au Havre, dût-il traverser à la nage. Il y a pour les gens fortement organisés une sorte d'assurance pour les choses qui *doivent se faire;* les obstacles les leur font croire plus difficiles, mais jamais impossibles.

La cloche avait fini de tinter. Le bateau était parti. Roger demanda Bérénice. Bérénice était sortie pour exécuter un ordre de sa maîtresse.

Roger baisa sur le front sa femme, qu'il eût

voulu étouffer, et il sortit d'un pas calme et lent, sachant bien qu'il allait au Havre, mais ignorant entièrement comment il s'y transporterait. Il se dirigea, sans trop savoir pourquoi, à la place où n'était plus le bateau. Mais qui sait? le capitaine était peut-être frappé d'apoplexie? — une voie d'eau s'était faite et avait retardé le départ?

Tous ces espoirs ne tardèrent pas à s'évanouir : — la place du bateau était vide.

Roger resta anéanti; il ne put sortir de sa torpeur qu'en se répétant : — Il le faut; il faut aller au Havre; il le faut.

Il butta contre Bérénice.

Il eut un moment envie de la jeter à l'eau.

Tout à coup il reconnut un marin, frondeur et contrebandier s'il en fut. — Sauvé! se dit-il, sauvé! j'irai au Havre.

— Ohé! maître Guillaume!

— Qu'est-ce, monsieur?

— Veux-tu gagner un louis?

— Rien ne me va mieux, si ce n'est d'en gagner deux.

— Eh bien! tu vas me conduire au Havre.

— Pour ça, impossible, mon bateau est loué.

— Où vas-tu?

— Au Havre.

— Eh bien!

— Mais le bateau est loué, et la personne veut être seule.

— Combien te donne-t-elle?

— Un louis.

— Je t'en donnerai deux.

— Elle m'en donne trois.

— Comment le sais-tu?

— Elle est avec moi.

Et Roger vit en effet une autre personne dans l'ombre.

— Eh bien! quatre.

— Pas pour dix : j'ai promis.

— Maître Guillaume, c'est un service que je te demande.

— Impossible!

La deuxième personne s'éloigna.

Roger resta anéanti, son dernier espoir venait de s'éteindre; il ne se disait plus tout bas : Il le faut.

Maître Guillaume vint à lui.

— Nous sommes seuls, je vous emmène.

— Ah! maître Guillaume, tu auras les quatre louis.

— J'en aurai sept.

— Diable!

— Les quatre que vous m'offrez et les trois dont je suis convenu. On veut être seule, très-bien, c'est-à-dire ne pas être vue; je vais vous mettre à fond de cale; vous entrerez le premier et vous sortirez le premier. Vous ne verrez personne.

— C'est ingénieux.

Dépêchez-vous, on vient.

En effet, quelques pas se firent entendre.

Roger n'eut que le temps de se blottir dans un coin du bateau.

Les deux personnes y entraient presque aussitôt que lui.

11

Maître Guillaume appela son second, on déploya les voiles, et on partit.

Roger était soulagé d'un poids énorme; il contemplait le ciel étoilé; il pensait à son inconnue.

A l'autre extrémité du bateau, les deux personnes qui étaient entrées après lui causaient à voix basse. L'une des deux dit à l'autre, à une secousse qu'une lame donna au bateau :

— Ah! Bérénice, j'ai bien peur.

Quand on fut entré dans le bassin, Roger offrit la main à sa femme pour descendre; Marthe fut d'abord consternée en le reconnaissant; mais la pensée que l'obscurité ne permettait pas de voir son trouble contribua à la rassurer.

— Monsieur, dit-elle, vous ne vous attendiez pas à me rencontrer ici?

— Madame, reprit Roger, vous ne saviez pas m'avoir pour compagnon de voyage?

— Je vous demande pardon, monsieur, et c'est précisément pour vous suivre que je me suis mise en route.

— Je vous ferai le même aveu, madame; je n'étais pas fâché de connaître le but et les motifs de cette expédition nocturne : je ne suis pas dupe de ce prétexte.

— Ni moi. Vous allez me faire une querelle pour éviter celle que je serais en droit de vous faire. Quels projets me soupçonneriez-vous donc?

Roger ne répondit pas; il offrit le bras à sa femme, et lui dit : — Où vous conduirai-je?

— Mais où vous voudrez; je n'ai plus de but,

maintenant : chez ma sœur, si cela vous convient.

— Très-volontiers.

On se mit en route. Bérénice suivait à quelques
pas derrière, et personne ne parlait.

Marthe n'était pas bien sûre que son mari se fût
embarqué pour la suivre; elle imaginait bien plutôt quelque infidélité dont l'idée lui était déjà
venue plusieurs fois, mais sans la troubler beaucoup.

Pour Roger, il était assez contrarié de la gêne que
la rencontre inopinée de sa femme venait apporter
à ses projets; mais, ce qui le préoccupait le plus
puissamment, c'était ce germe de jalousie mal étouf-
fée qui venait de renaître, fécondé par les soupçons
bien naturels que lui inspirait la bizarre conduite
de sa femme; en vain il se disait que son affaire
principale était pour ce jour-là d'aller au théâtre et
d'y rencontrer son inconnue, que les torts de sa
femme devaient le livrer tout entier à cette MMM.,
si douce, si aimante, si dévouée: il ne pouvait se-
couer cette impression de colère et de joie amère,
d'avoir à peu près découvert le crime.

On arriva chez la sœur de Marthe. Roger répondit de mauvaise grâce à l'excellente réception qu'on
lui fit comme de coutume. Tout ce qui entourait
Marthe, tout ce qui lui montrait de l'affection, lui
lui semblait son complice. Il crut voir entre les
deux sœurs des regards d'intelligence, regards qui
ne voulaient, de la part de la sœur, que demander
la cause ou le prétexte de la mauvaise humeur de
Roger.

Marthe fit signe qu'elle l'ignorait.

On s'assit. La sœur avait peine à soutenir la conversation ; Roger ne répondait qu'à moitié ; la préoccupation des deux époux avait trouvé un nouveau motif lorsqu'ils s'étaient vus à la lumière : tous deux étaient parés ; leur costume démentait la fable qu'ils avaient imaginée.

Roger avait gardé son chapeau à la main et cherchait une occasion de sortir ; mais la sœur de Marthe, qui s'était résignée à parler seule, avait commencé une histoire, et il n'y avait pas moyen de sortir avant la fin sans se rendre coupable d'une impardonnable grossièreté. « Il y a des gens, ainsi que le remarquait dernièrement notre ami Léon Gatayes, à propos de quelqu'un que nous ne nous soucions pas de nommer, il y a des gens qui ne mettent que des virgules dans leurs discours. »

Marthe tira son mari d'embarras.

— Pardon, chère sœur, si je t'interromps ; mais ne vois-tu pas que Roger brûle de nous quitter, et que son esprit est déjà bien loin d'ici ? Si tu tiens à ton histoire, tu pourras la lui raconter tout entière un autre jour ; je te déclare qu'il n'en a pas entendu un mot.

— Allez-vous-en, Roger, ajouta-t-elle ; votre agitation fatigue à voir. Allez où vous êtes attendu.

— Nullement, répondit Roger ; personne ne m'attend nulle part.

— Alors, si vous étiez un homme aimable, vous nous conduiriez au théâtre.

Roger fronce le sourcil.

— Quel caprice ! on ne donne que des vieilleries.

— Non pas; on donne une pièce nouvelle, et toute la ville y sera.

— Etes-vous folle! Marthe, de vouloir, en cette saison, conduire au théâtre votre sœur malade?

— Elle s'enveloppera chaudement.

Mais cette phrase « *toute la ville y sera* » avait fait tressaillir Roger. Toute la ville! et elle aussi!

Toutes ses émotions de crainte et d'espoir se réveillèrent, ses soupçons jaloux s'effacèrent, ou ne se présentèrent plus que pour donner lieu à cette pensée : *Elle* me consolera.

— Je sais bien, dit-il, que vous ne manquerez pas de bonnes raisons pour faire ce qui vous plaît, quoi qu'il arrive; mais j'ai, moi, de ne pas aller au théâtre une raison à laquelle je ne crois pas de réplique possible. Ne prévoyant pas mon voyage au Havre, j'ai écrit à Moreau qu'une indisposition me retenait à Honfleur; vous voyez que je ne puis m'exposer à le rencontrer au théâtre.

Lorsque Roger avait prononcé : « Ne prévoyant pas mon voyage, » sa femme l'avait regardé, et il s'était un peu troublé; elle ne s'en aperçut pas, ou elle fit semblant de ne pas s'en apercevoir.

— Comme il vous plaira, dit-elle; mais alors n'attristez pas notre soirée de votre figure ennuyée; aussi bien M. Moreau pourrait fort bien venir voir ma sœur.

Je dirai à mon tour : Comme il vous plaira.

Il baisa la main de sa belle-sœur, et affecta de ne pas se hâter de sortir; il arrangea sa cravate devant une glace, mit lentement ses gants, brossa son cha-

peau avec sa manche et ouvrit la porte de l'air le
plus indifférent; mais, une fois la porte fermée.
Marthe n'eut que le temps d'ouvrir la fenêtre, il
était déjà dans la rue.

— Ah! dit Marthe, il regagne le temps que nous
lui avons fait perdre.

Au détour de la rue, Roger se jeta sur un homme;
cet homme était Léon Moreau.

— Je croyais que tu ne viendrais pas, et que de
sages réflexions te faisaient redouter pour tes réso-
lutions antipoétiques les émotions et les applaudissements de ce soir.

— Il m'a fallu conduire ma femme chez sa sœur.

— Et pourquoi pas au théâtre?

— Je veux qu'elle ignore toujours ce que je faisais avant de l'épouser.

— La différence des noms suffirait pour la laisser dans son ignorance : allons la chercher.

— Non, je veux être seul; je ne puis répondre
d'un peu d'émotion.

Roger regarda Moreau; l'empressement de celui-ci
coïncidait singulièrement avec ce qu'avait d'inexpli-
cable la manière d'agir de Marthe; mais il rejeta
bien vite ce soupçon. Moreau n'était resté que quelques instants à Honfleur, et tous deux avaient
montré l'un pour l'autre la plus complète indifférence.

Alors, dit Moreau, entrons au café.

— La pièce va commencer.

Non, la première vient à peine de finir. Nous ne
resterons qu'un moment; j'ai une revanche à donner aux dominos, en cinquante points.

— C'est pour cela donc que tu es venu aux bords de la mer ?

Ils entrèrent au café. La vie du café n'était nullement dans les mœurs de Roger; pour se faire une contenance il prit un journal, qu'il parcourut des yeux sans que les mots présentassent le moindre sens à son esprit. Mais il aperçut l'annonce du spectacle : « . . . . » le titre de sa pièce!

La partie était finie, mais Moreau avait perdu du punch que l'on buvait. On lui présenta un verre, il remercia et le posa sur la table.

— Comment, tu ne bois pas?

— Non.

— Pourquoi cela?

— Je n'en avais pas envie, mais j'aime mieux boire que de discuter.

— Allons, partons!

Et l'on se dirigea vers le théâtre.

Toute la salle était envahie; les deux amis errèrent dans les couloirs sans pouvoir se glisser nulle part; enfin, comme on jouait l'ouverture, on les poussa dans une loge où il restait *une* place pour eux *deux*.

Roger ne respirait plus. Cette ouverture était mal exécutée, le caractère n'en répondait pas au caractère de son ouvrage. La toile se leva. Il se fit un grand bruit de gens qui criaient *Silence!* Deux acteurs entrèrent; mais il fut impossible d'entendre leurs premières paroles. Quand le tumulte fut apaisé, ils recommencèrent. On écouta silencieusement. L'actrice n'était pas jolie. Roger établit dans son esprit qu'une actrice n'a pas le droit de ne pas être jolie.

Nous sommes un peu sur ce point de l'avis de Roger, on ne saurait être trop exigeant sur les artistes médiocres ; ce sont les seuls qui ne se découragent pas, et ce serait une bonne œuvre pour eux et pour le public de les décourager. Dans les cinq francs qu'on donne pour voir une pièce, il y a au moins deux francs pour lesquels doit entrer en compte la beauté des actrices.

En outre, elle n'était pas bien habillée, sa toilette la faisait ressembler à une marchande endimanchée, elle n'avait pas su saisir la nuance de distinction élégante que l'auteur avait donnée au personnage ; et l'acteur, comme il ignorait l'art de faire ressortir un mot spirituel ! comme il était guindé, prétentieux, maniéré ! comme il était intéressé bien moins à la pièce qu'au succès qu'aurait sa cravate, une cravate avec laquelle il n'avait pas encore joué !

Comme il tournait les yeux vers les avant-scène avec cette préoccupation (qui suit tout acteur de province jusqu'à l'hôpital) *d'une grande dame* qui, subitement éprise de sa bonne mine, l'invite à un souper exquis, à la suite duquel elle avoue l'irrésistible empire qu'elle a laissé prendre ! Et alors l'or, les bijoux, les riches costumes pleuvent sur l'artiste fortuné, il ne vient plus au théâtre qu'en calèche ; car la grande dame l'épouse, peut-être grâce aux *progrès de la civilisation.*

Que de fois cet espoir a reposé sur un gilet neuf ! que de fois sur une nouvelle perruque !

Le premier acte finit au bruit de quelques applaudissements. Moreau dit bas à Roger : Cela va bien.
Deux femmes placées sur le devant de la loge se
retournent. Marthe et sa sœur !

Marthe changea de couleur.

Roger se pencha vers elle, et lui dit bas avec aigreur : — Vous deviez rester chez votre sœur ! —
Et vous, éviter le théâtre !

Roger sortit brusquement de la loge ; il parcourut tout le théâtre sans réussir à trouver la moindre
place, et il fut obligé de rentrer. On commençait le
second acte, il se réfugia dans la pensée de l'inconnue ; il examinait attentivement les femmes
blondes, qui ne sont pas rares en Normandie ; une
fois un visage lui parut convenir parfaitement à la
femme qu'il aimait ; cette femme paraissait prendre
un vif intérêt à la pièce, et, à un moment qui fut
applaudi, elle sembla émue et porta son mouchoir
à ses yeux.

Mais, peu de temps après, elle se retourna et
parla à un homme placé derrière elle, en appuyant
la main sur son genou.

— Ce n'est pas elle, dit Roger, elle a trop de
délicatesse dans le cœur pour être venue ici avec
son mari.

Et cependant, moi, j'y suis bien avec ma femme !

Peut-être aussi est-elle au-dessus de moi ou du
même côté, de façon que nous ne pouvons nous
voir.

N'importe, elle est ici, nous sommes réunis dans
un même lieu, dans une même pensée ; ces applaudissements ont dû retentir dans son cœur.

12

Maudit acteur! qui s'avise de bégayer un mot sur lequel je comptais !

Et, comme il se penchait en dehors pour mieux voir cette femme dont le visage l'avait frappé, Marthe se retourna et lui dit : — Mais prenez donc garde, vous écrasez mon chapeau.

A ce moment, d'unanimes applaudissements remplirent la salle, et le second acte finit.

Pendant l'entr'acte, Roger se glissa dans la galerie d'en face, que quelques spectateurs avaient abandonnée, et se mit à examiner la partie de la salle qu'il n'avait pas encore vue.

Moreau le suivit, et, le voyant parcourir ainsi toutes les loges du regard, lui dit :

— Tu comptes tes admirateurs ?

Quand on fut près de commencer le troisième acte, les spectateurs de la galerie reprirent leur place, et Roger fut encore obligé de retourner dans la loge de sa femme.

A peine à moitié du troisième acte, presque tout le monde pleurait ; une fois l'impulsion donnée, elle ne s'arrête pas facilement, une salle de spectacle bien *en train* de rire ou de pleurer, rit ou pleure de tout avec un égal abandon et un égal enthousiasme. Bonjour ou bonsoir peuvent alors porter le rire ou les larmes jusqu'à la frénésie.

Marthe pleurait plus ou moins, comme tout le monde.

— Ah! pensait Roger, que ne puis-je voir les larmes précieuses de ma belle inconnue ! Puis, se penchant vers Marthe, il lui dit : — Au nom du

ciel, ne vous désolez pas ainsi, vous vous faites remarquer.

Marthe le regarda avec un profond dédain et ne
répondit pas.

L'acte finit, c'était le dernier, on trépignait ; à
l'admiration pour l'auteur se joignait l'amour du
tapage, seul parti politique et littéraire de bien des
gens, amour qu'ils manifestent à peu près indiffé-
remment par des bravos ou par des sifflets. On demanda le nom de l'auteur. La voix qui vint pro-
noncer le nom de *Vilhem* vibra puissamment dans
le cœur de Roger.

Ces amis du tapage, qui en politique sont toujours pour les tambours, de même que le Dieu des
armées se déclare le plus souvent pour les plus
gros escadrons, ne trouvèrent rien de mieux que
de *redemander* l'actrice qui avait fort médiocrement joué le premier rôle, et l'acteur qui l'avait
aussi médiocrement secondée.

Puis ils avisèrent qu'il y avait sur l'affiche :

N. B. « L'auteur a lui-même dirigé les répé-
titions. »

Ils en conclurent que l'auteur devait être présent ;
et, par des hurlements qui ne peuvent être agréables
qu'à raison de l'intention qui les fait pousser, ils
manifestèrent leur volonté de le voir.

La toile ne se relevant pas, le bruit redoubla ; au
bout de cinq minutes, il redoubla encore.

Moreau, impatienté, se mit sur le devant de la
loge, et, montrant Roger, cria d'une voix forte :

— Le voilà !

Les applaudissements menacèrent alors de faire écrouler la salle, et Marthe s'écria en pleurant :

— Ah ! Vilhem, c'est vous !

Et Roger reconnut au cou de Marthe, plus décolletée que de coutume, le collier de perles qu'il avait envoyé à l'inconnue.

FIN.

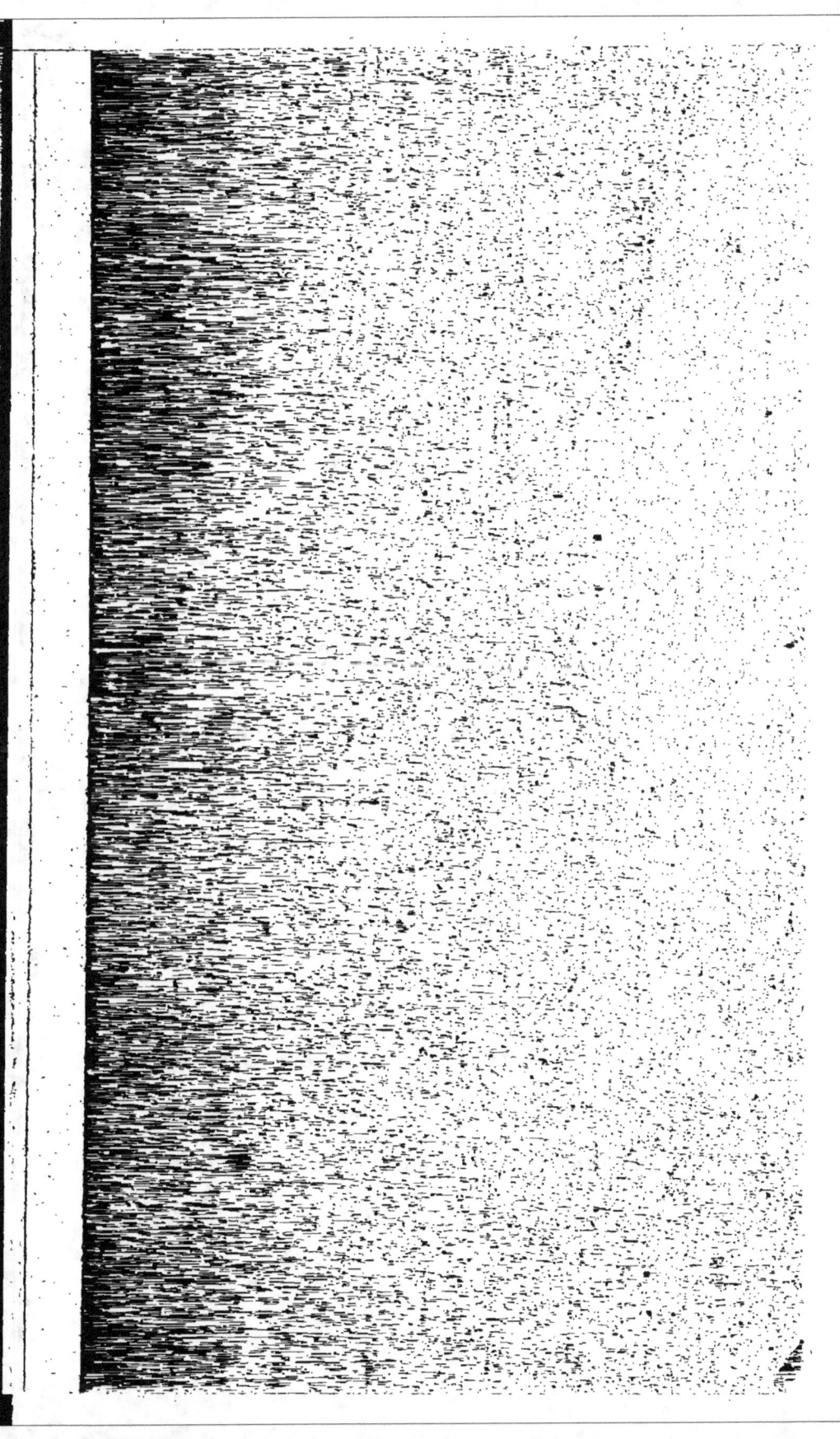

INVE

Y₂

www.ingramcontent.com/pod-product-compliance
Lightning Source LLC
Chambersburg PA
CBHW071107260626
47162CB00006B/2249